LA FORCE QUI NOUS MANQUE

Eva Joly est conseillère pour la lutte contre la corruption et le blanchiment en Norvège. Ses deux livres, *Notre affaire à tous* et *Est-ce dans ce monde-là que nous voulons vivre ?* ont connu un franc succès, en France et à l'étranger, et ont été vendus à plus de 450 000 exemplaires.

DU MÊME AUTEUR

Notre affaire à tous
(en collaboration avec Laurent Beccaria)
Les Arènes, 2000
et Gallimard, « Folio documents », n° 4

L'abus de biens sociaux à l'épreuve de la pratique
(en collaboration avec Caroline Joly-Baumgartner)
Economica, 2002

Est-ce dans ce monde-là que nous voulons vivre ?
(en collaboration avec Laurent Beccaria)
Les Arènes, 2003
et Gallimard, « Folio documents », n° 19

Eva Joly
(en collaboration avec Judith Perrignon)

LA FORCE QUI NOUS MANQUE

Petit traité d'énergie et d'orgueil féminin

TÉMOIGNAGE

Les Arènes

La première édition de ce livre a paru aux éditions des Arènes, en 2007, sous le titre *La force qui nous manque.*

TEXTE INTÉGRAL

ISBN 978-2-7578-0682-1
(ISBN 978-2-35204-035-4, 1re publication)

À Caroline et Julien

Petit traité d'énergie

J'écris depuis mon rocher breton. J'aime cet endroit et ses deux cents jours de soleil par an. J'y ai acheté une maison. Elle fut construite par un armateur, les couleurs passées sur les murs, les planches irrégulières au sol, sont des restes de bateaux après démolition. Je voulais un lieu pour les vacances, rassembler les miens, accrocher mes photos, retrouver un jardin et m'atteler au tri du passé. Je voulais la mer, parce qu'elle est ma complice, et aussi la France, parce que j'y ai vécu plus que dans mon pays natal, la Norvège. C'est là que mes enfants sont nés et vivent, là que j'ai mûri… jeune fille au pair qui fit le ménage chez les gens de bonne famille, et termina dans les tailleurs d'une juge soulevant les tapis pour y trouver de l'argent sale.

Je suis partie il y a cinq ans. Je ne voulais laisser à personne les moyens et le temps de se venger. Je dérangeais. Mon combat n'était plus apprécié nulle part, j'avais senti, au fil des années d'instruction, l'hostilité s'installer, contaminer les journaux, les cercles économiques, et même les couloirs de la magistrature à laquelle j'appartenais. J'en faisais trop, disait-on. Il y a des placards avec de belles boiseries pour les gens comme moi. En février 2002, je signais la fin de l'instruction de l'affaire Elf. Quelques mois plus tôt, l'homme pour lequel j'avais rejoint la France, et dont j'avais pris le nom, était mort. J'étais libre, je devais partir.

Partir est peut-être chose plus facile pour qui, comme moi, a grandi avec la mer tout près. L'horizon dessine la ligne du départ, le vent dans les fjords promet des poussées, les nuits claires, les jours sombres et les hivers sans répit ont fait de nous de frêles embarcations soumises aux éléments. J'aime bien cette phrase d'Edvard Munch notre peintre national, il disait : « Quand je me suis embarqué dans la grande aventure de la vie, je me sentais comme un bateau fait de vieux bois pourri que son armateur lançait en pleine tempête… »

Moi, passé la tempête, je suis retournée au pays. Je fuyais la revanche et aussi mes fantômes, mais je poursuivais mon voyage. Pourquoi me serais-je retirée ? Je venais tout juste de commencer. Le bureau que j'occupais sous les toits du Palais de Justice à Paris fut pour moi comme un trou de serrure : j'y ai entrevu un univers parallèle où circule tout l'argent qui manque cruellement de l'autre côté de la porte, de ce côté-ci du monde. La Norvège a fait de moi un électron plutôt libre de sa diplomatie, elle m'a chargée d'une mission contre la corruption. Je ne suis plus un juge qui traque le détail, je ne débarque plus à 7 heures du matin pour entrer chez les gens sans y être invitée, j'arpente désormais les ministères, les conférences, les bureaux présidentiels, les allées de l'ONU ou de la Banque mondiale.

C'est étrange les portes qui s'ouvrent à l'âge où l'on a désappris l'illusion. Jusqu'à 50 ans, j'ai tenu pour sûres la grandeur et la noblesse des institutions, c'est un privilège que ceux de 20 ans ne peuvent plus connaître. La France m'a dégrisée, dévoilé l'envers du décor. L'instruction fit mon instruction.

J'ai dans la tête des souvenirs qui m'empêchent de croire aux apparences, et m'apprennent à jouer. Jouer, oui c'est le mot, jouer avec les cercles du pouvoir, jouer contre le temps, et les pseudo-fatalités de la politique. La partie continue. En faisant de moi, au retour d'une si longue absence, l'une de ses voix publiques, la Norvège m'a propulsée ailleurs, mais pour y porter, encore et toujours, l'idéal de justice. Je sais qu'il a l'air tout petit mon pays, vu d'une France qui se croit centrale. Mais il est riche, de pétrole et d'idées, il a des relais, des moyens, et finance d'importants projets de développement. En son nom, je voyage, j'observe, je conseille, je bataille. Je ne me suis pas sentie aussi heureuse depuis vingt ans.

C'est comme si, après bien des chemins escarpés gravis en cordée, j'étais enfin sur une grande avenue. Elle a ses dangers, ses désillusions, mais je sais où elle mène. Lorsque je refeuillette mes livres précédents, j'y reconnais les bleus à l'âme à force de me cogner aux portes. Aujourd'hui la tâche est immense, mais je respire mieux, j'ai de l'air et des alliés. Je suis écoutée et crue. Loin de Paris, j'ai la confirmation que l'élite française n'est qu'un club qui ne fait plus évoluer le monde.

Les courants sont forts, les vents s'affolent. La lutte contre la corruption est une urgence, qui ne se résume pas à une affaire de morale. En bâtissant notre confort sur un pacte corrupteur entre multinationales occidentales et despotes du tiers-monde et en abritant dans nos banques tout l'argent qui en découle, la partie riche du monde a semé colère et frustration. Elle devrait faire attention au compte à rebours. Une bombe à retardement a été posée, il y a longtemps déjà. Le marché sent bien les turbulences, les bulles financières éclatent, les fonds circulent sans plus de contrôle, certaines autorités économiques, d'ordinaire libérales, demandent de la vigilance. Je rencontre, au fil de mes escales, des sénateurs américains, des fonctionnaires de l'ONU, des juristes, des ministres, de courageux magistrats africains, d'anciens directeurs du trésor..., tous conscients des enjeux. Nous apprenons à parler la même langue, nous tentons une résistance, et je me sens moins seule.

En quittant la France, je n'étais pas tellement plus chargée qu'en y arrivant, trente-huit années plus tôt. Deux grosses valises. Le reste, les souvenirs, les meubles, les livres, les bibelots, les photos, tout ce que les années empilent, je l'ai laissé en dépôt çà et là, sûre de revenir faire le tri. Tous mes cartons ont fini leur course en Bretagne. Chaque fois que j'y suis venue, je les ai ouverts, tranquillement, un par un. Il m'a fallu quatre années pour en venir à bout. Le dernier, c'était l'été dernier.

Dans le jardin, ça sentait le papier brûlé. Toute la comptabilité médicale de Pascal, mon mari, partait en fumée. Des années de travail sous forme de chiffres froids qui ne disaient rien de ce qu'était son tempérament, sa sensibilité, rien du temps infini qu'il consacrait aux autres. Je n'avais gardé ces papiers qu'en cas de contrôle fiscal, sachant combien il serait tentant de vérifier, dans le moindre détail, la probité de madame la juge d'instruction. Face publique et face privée de la vie sont deux pièces qui communiquent. Un juge le sait. Une femme aussi, qui jamais ne cesse de se demander si l'une peut détruire l'autre.

Dans ma maison jaune, je ne garderai que l'important et l'agréable. La vie, je la vois comme un tissu. La trame est fixée dès le départ, à moi de l'embellir sans jamais couper aucun fil.

Les maisons m'inspirent. C'est dans les jardins et les belles demeures que j'ai cherché et trouvé les traces de la corruption. Je savais estimer le marbre d'une cuisine, scruter les photos de vacances pour remonter la piste d'un bateau ou d'une résidence nulle part mentionnée… j'aimais faire parler les murs. Avec ce qu'ils me racontaient, j'imaginais un petit théâtre, des gens autour de la table, alors je faisais des croquis, je posais des questions précises. Les maisons ne savent pas tenir leur langue. Celle qui abrita ma vie de mère et d'épouse trahissait, d'ailleurs, mes absences. Mes enfants me reprochent encore ce canapé jamais posé dans le salon de leurs jeunes années, tandis que le jardin regorgeait de fleurs et de massifs entretenus. Ça ne m'intéressait pas beaucoup, alors, d'avoir un intérieur. Je me disais que cette préoccupation-là grandirait, chez moi, avec l'âge. Et c'était vrai : me voilà entre les vieux murs de l'armateur, j'ouvre les cartons, je déplace les meubles, ils sont des liens entre moi et ma vie, je cherche un semblant d'harmonie.

J'ai aligné tous les livres dans la bibliothèque, je sais d'où ils viennent, pourquoi ils sont là, à qui ou à quand ils ont appartenu, classiques dans la Pléiade, romans cornés dont la gloire n'a pas duré plus d'une heure, bandes dessinées, livres de recettes, même un magazine norvégien des années 1980, venu faire un reportage sur moi, l'expatriée promue magistrate à 38 ans. Je portais encore des nattes que j'épinglais sur ma tête. Manque un livre, toujours le même, il n'a aucune valeur sentimentale ni littéraire, mais cette manie qu'il avait de disparaître lorsque nous le laissions à disposition dans la salle d'attente du cabinet médical de Pascal avait fini par le rendre attachant. Il était signé Jane Fonda, j'en ai oublié le titre, il sonnait comme une promesse, une recette de femme radieuse. Il y avait toujours quelqu'un pour l'emporter et le ramener discrètement quelques mois plus tard. Le temps de sonder la réussite féminine, toujours source d'étonnement.

Je voudrais faire ici quelque chose qui y ressemble. Un petit traité d'énergie.

Je n'ai pour écrire que l'expérience d'une vie, la mienne, celle de Gro Farseth devenue en France Eva Joly. S'arrêter, se contempler est une façon de s'assécher, puis de mourir. Il faut avoir toujours peur pour son énergie vitale, je suis frappée par le nombre de gens qui ont abandonné la lutte. Et lorsque je me penche sur de vieilles photos jaunies comme il y en avait tant dans mes cartons, que je me rappelle la jeune fille que j'étais, ses doutes, ses façons de princesse norvégienne devenue timide en débarquant en France, puis lorsque j'ouvre mon agenda, encombré de noms, de dossiers, de voyages tous synonymes de combats, j'ai l'impression d'avoir pris des forces, d'en chercher encore. Je suis comme toute femme, inquiétée par le temps qui passe, mais il m'a chargée d'affaires publiques, il a forgé chez moi des convictions.

Des amitiés bâties sur du noir

À quelques minutes à pied de la maison, il y a une petite crique, elle est déserte quand j'y viens vers huit heures. L'eau est fraîche, la marée haute, je nage jusqu'à un énorme rocher dont je fais le tour. Puis je m'assieds sur la plage, je reste là, ruisselante d'eau fraîche. Je regarde devant moi. Je ne fais pas le vide, je ne sais pas m'y prendre. Mille pensées se bousculent. Une fois sèche, je repars. J'aime ces matins revigorants. Quel que soit l'endroit, être face à la mer me donne le sentiment de la continuité, c'est comme se regarder dans la glace, mesurer sa force, et fouiller sa volonté au commencement de la journée.

Je me rappelle un matin en Afrique du Sud, à Cape Town, j'ai couru sur la plage avec Leonard Mac Carthy. C'est un procureur courageux, qui a mis en examen le vice-président Jacob Zuma, leader très populaire de l'ANC. La quarantaine solide, charpenté, il est fils d'un homme de grande rigueur. Nous avons longé l'océan, et ce matin-là, le bruit de la mer et de nos conversations effaçait tout des antipodes dont nous venons l'un et l'autre. Nous cherchions des forces. Leonard m'expliquait combien il jouait sa vie professionnelle sur ce dossier. Après avoir couru, je l'ai suivi à la messe, un rite anglican, avec lecture de la Bible parmi la foule. J'ai chanté avec lui. Je ne suis ni mystique ni pratiquante, mon développement spirituel s'est arrêté dans l'œuf, car quiconque me parlait religion dans l'enfance semblait vouloir serrer trop fort un corset sur mon cœur. Mais j'ai appris à rester modeste sur cette question, mon mari disait souvent qu'après deux mille ans d'histoire chrétienne derrière nous, c'était d'un orgueil incroyable que de dire qu'on n'y croit pas. J'ai longtemps côtoyé la culture protestante, sa morale très forte, son rejet des indulgences, sa méfiance vis-à-vis de la hiérarchie, tout cela a influencé ce que je suis devenue. Ce jour-là dans l'église St Michael and All Angels de Cape Town, je n'étais sûre que d'une chose : je chantais avec Leonard. Nous avions des prières communes.

Il est de ces cousins lointains et nombreux que je ne connaissais pas et que ma nouvelle mission a placés sur ma route. Nous partageons les mêmes obsessions, j'emploie ce mot, qu'on pourra me reprocher, à dessein, car lutter contre la corruption est une charge qui s'insinue en vous, change définitivement votre regard et expose votre vie. Je passe six mois de l'année en voyage. Chacune de mes rencontres est à la fois joie et tristesse, une complicité bâtie sur du noir.

L'amitié commence généralement par une sale affaire. Alors d'affaires en amitiés, j'ai fini par bâtir un Network, un réseau mis en place en 2005 avec l'appui de mon gouvernement. L'idée est simple : réunir de manière informelle ceux qui de par le monde sont en charge de difficiles dossiers de corruption, procureurs, enquêteurs, juges, policiers. Il y a partout des énergies comme celle de Leonard, isolées dans leur pays, en butte au système, au pouvoir politique, il faut les relier entre elles, tisser une toile serrée, forger un bouclier. Nous sommes pour l'instant une vingtaine, venus de tous les continents. Le Network est une façon de se rencontrer, d'échanger, c'est un forum d'apprentissage, un outil précieux, qui permet l'entraide et la visibilité.

Lorsque Leonard, trois mois après mon passage, vit son enquête brutalement interrompue, par un juge qui estima que l'accusation n'avait pas respecté certaines normes légales et qu'il fallait cesser les poursuites contre Zuma, je l'ai appelé tout de suite, comme on le fait pour consoler un ami. J'étais heureuse de l'entendre dire qu'il n'était pas près de baisser les bras. Il cherchait une autre voie, par « la face nord » et réfléchissait déjà à la manière de relancer les poursuites. Jacob Zuma est un personnage controversé, ce leader charismatique de l'ANC, qui parle aux foules pauvres, se verrait bien en successeur de l'actuel président Thabo Mbeki. Il défraie régulièrement la chronique judiciaire, au point d'avoir été limogé de la vice-présidence en juin 2005. Le plus gros volet de l'affaire implique d'ailleurs une entreprise française, Thales. Ce géant de l'électronique militaire avait été choisi pour équiper des corvettes commandées par l'armée sud-africaine en

1998. Deux ans plus tard, menacé par une enquête anticorruption, Thales acceptait de verser un pot-de-vin annuel de 62 500 euros à Zuma, en échange de sa protection. Zuma et Thales ont tous deux été inculpés de corruption. Jusqu'à ce coup d'arrêt porté à l'enquête, l'an dernier.

Voilà le genre de feuilleton que nous suivons au sein du Network. Il en vient de partout.

À Londres l'hiver dernier, les journaux bruissaient d'une affaire peu reluisante pour Tony Blair. Le Premier ministre britannique venait d'enterrer, au nom de « l'intérêt national », une enquête sur le versement d'énormes pots-de-vin par British Aerospace (BAE) à l'Arabie Saoudite. Le contrat militaire signé par Londres et Ryad portait sur 43 milliards de livres (65,3 milliards d'euros). L'enquête menaçait surtout un contrat pour la fourniture de 72 avions de combat Eurofighter à l'Arabie Saoudite. Le secrétaire général de l'OCDE a écrit une lettre de protestation. Tony Blair a assumé personnellement cette décision, affirmant que la poursuite de l'enquête aurait eu « des effets désastreux sur notre relation avec un pays important » et un allié clé de Londres au Proche-Orient.

D'une phrase il a poignardé des années de travail, l'écriture lente et patiente de conventions internationales, le courage d'un Mac Carthy et de tous ceux qui, comme lui, défient le système au risque de leur vie. Tony Blair admettait cyniquement que la réalité du monde était la corruption. J'étais alors en Grande-Bretagne pour la sortie en anglais de mon précédent livre, où j'avais détaillé les menaces qui pesaient sur moi au cours de l'affaire Elf, les journalistes me demandaient souvent, avec un soupçon de jouissance à moquer le vieil ennemi : « C'est donc ça la démocratie française ? » Je renvoyais les deux démocraties dos à dos. La France, au nom de la séparation des pouvoirs, ne dispose d'aucun mécanisme officiel pour interrompre une enquête, la menace et les intimidations s'épanouissent donc au cœur de l'État. En Grande-Bretagne, la voix arrogante du Premier ministre suffit à étouffer une affaire sensible. Toutes deux usent et abusent de l'intérêt supérieur de l'État, éternel masque des trafics d'argent.

Il y a en moi dans ces moments-là une colère immédiate que je ne raisonne pas. J'ai des mots plein la bouche. Des souvenirs, des chiffres, des noms, les contrats saoudiens et leurs pourcentages astronomiques de commissions, entraperçus au gré d'anciennes investigations, tambourinent dans ma tête. Le journal *The Independent* a fini par m'offrir une tribune. Puisque Tony Blair laissait entendre qu'il sauvegardait les emplois et la toute-puissance britannique, j'ai tenté d'expliquer, en quelques feuillets, que la corruption fragilise le monde et la vie de chacun de nous. Les pots-de-vin ne profitent jamais aux populations d'Asie ou d'Afrique, ils atterrissent dans nos banques *via* les paradis fiscaux. Les lointains despotes y sont de respectables clients. En prétendant sauver ici des emplois, ou veiller sur le prix de l'essence à la pompe, on maintient là-bas des régimes assis sur la misère, cette longue mèche d'un monde explosif.

La dernière réunion du Network a eu lieu à Paris en février dernier, c'était la cinquième. Je dois dire que j'ai aimé sentir frémir « l'internationale des juges » en ce pays qui n'aime pas les magistrats trop curieux. Il y avait là Nuhu Ribadu, chef de la brigade financière du Nigeria (ECC, Economic Financial Crime Comission). Ce bel homme de 47 ans rit beaucoup malgré ses six gardes du corps. Il dit qu'il est le général en chef d'une guerre dont dépend l'avenir de son pays, pillé de 20 milliards de dollars ces vingt dernières années. Il confie aussi parfois, quand l'énergie l'abandonne : « Tu sais, je suis sûr que je vais mourir. L'année dernière, j'ai déjà perdu six enquêteurs, tous assassinés. » Il fait un travail extraordinaire, il a mis en examen 23 gouverneurs corrompus du pays et saisi cinq milliards de dollars. La commission qu'il préside vient d'écarter 130 candidats aux élections d'avril 2007, majorité et opposition confondues, dont le vice-président, tous à la tête d'une fortune non explicable.

Aron Rhingera était aussi des nôtres. Je l'ai connu au Kenya, lors d'une semaine de formation donnée aux nouveaux enquêteurs. Nairobi a connu la dictature et la corruption pendant vingt-cinq ans, le Kenya réapprend doucement le fonctionnement des institutions. Aron a une soixantaine d'années, il est le chef de la brigade financière et de l'unité d'enquête contre la corruption partiellement financée par la Norvège. Ancien président de la Cour suprême, il est encore réservé et prudent. Je devine le poids de la contrainte politique, et l'empreinte que laisse la dictature en chaque homme, fût-il honnête.

S'attaquer au pouvoir est toujours périlleux, à Londres, comme à Santiago du Chili, à Paris comme à Madrid. Mais les menaces sont décuplées pour les hommes et femmes en première ligne dans les pays en voie de développement. Notre réseau doit rompre leur solitude, les entourer, leur donner la force et les moyens d'affronter l'intimidation. L'engagement des pays pauvres dans la lutte contre la corruption est un véritable tournant. L'Occident peut y perdre son terrain de chasse, entretenu à coups de pots-de-vin et de commissions.

Nos réunions sont un drôle de mélange de technique et de chaleur. Elles ont lieu deux fois par an. Chacun commence par raconter ses dossiers et leur évolution, puis l'échange s'installe. Comme dans un puzzle, les pièces éparses se soudent progressivement car les biens mal acquis se cachent loin des terres dont ils exploitent les richesses. Irfan Qadir, ancien procureur au Pakistan, a ainsi raconté les avancées du dossier Benazir Bhutto, ex-Première ministre, qui, de 1988 à 1996, avec la compagnie de son mari surnommé « Monsieur 40 % », a ponctionné d'incroyables commissions lors de marchés passés par l'État pakistanais avec de grands groupes occidentaux. On parle de milliards de dollars ainsi détournés et blanchis, *via* des centaines de propriétés, d'innombrables comptes bancaires et sociétés écrans. À la fin de son second mandat, le Pakistan l'a poursuivie pour corruption et enrichissement illicite, mais seule la Suisse a répondu à sa demande d'entraide judiciaire. Le juge helvète Daniel Devaud était parmi nous, il a mêlé sa voix à celle d'Irfan pour raconter la condamnation dans son pays de Mme Bhutto : plus de 500 comptes bancaires au nom de la famille Bhutto ont été gelés, la justice a ordonné le transfert de 12 millions de dollars vers le Pakistan. Ces fonds sont actuellement bloqués puisque la condamnée fait appel. Ailleurs, en Grande-Bretagne, aux États-Unis… il n'est pour l'heure pas question de saisir les luxueuses propriétés et les avoirs de la dame…

Les outils juridiques existent : législation anti-blanchiment et conventions anticorruption sont écrites et suffisamment précises. L'état des lieux est connu : les rapports circulent au plus haut des institutions, établissant avec précision le montant des millions détournés et, parfois, là où ils se trouvent. Et il est partout des magistrats opiniâtres pressés de s'en servir. Malgré tout la loi de l'inertie est la plus forte. Ainsi, les 700 millions de dollars du dictateur de la Guinée équatoriale Teodoro Obiang, qui reposaient à Washington DC sur une soixantaine de comptes à la Riggs Bank, s'en sont allés voir ailleurs quand la banque a fait l'objet d'une enquête du Sénat. Les grandes compagnies pétrolières américaines paient directement et régulièrement le despote et sa famille sur des comptes mouvants. À Malibu, Teodorino, fils et ministre d'Obiang, a d'ailleurs acheté l'an dernier une villa avec vue imprenable sur l'océan, huit salles de bains, une piscine, un court de tennis, un golf, le tout est évalué à 35 millions de dollars et éveille des soupçons de blanchiment. Il avait également acquis deux maisons en Afrique du Sud, Leonard nous raconta qu'il était prêt à les saisir, lorsque deux créanciers s'en sont chargé.

J'ai alors suggéré au procureur américain, Peter Ainsworth, qui n'a pas mandat pour enquêter de ce côté-là puisqu'il est en charge de la corruption des fonctionnaires fédéraux, d'inviter le procureur de Malibu à nous rejoindre. Une connexion entre le procureur de Malibu et Leonard pourrait avoir quelque efficacité. Je me rappelle Nuhu Ribadu et Angelino Pereira, le procureur général de São Tomé, préparant ensemble une perquisition lors d'une précédente réunion du Network : leurs deux pays ont des zones d'exploitation pétrolière commune, et donc intérêt à collaborer pour barrer la corruption dans la distribution des concessions.

Ce jour-là, à Paris, nous avions choisi comme thème central : « travailler sous pression ». Il fut question du harcèlement politique, hiérarchique, médiatique. Ensemble nous avons réfléchi au moyen de résister : le procureur d'Indonésie raconta l'installation d'une caméra à l'intérieur de la Cour suprême tant elle était corrompue de l'intérieur ; tous étaient d'accord pour estimer qu'il fallait user du mandat d'arrêt international, qui, même s'il n'aboutit que rarement, entrave sérieusement les voyages d'un suspect. Mon ministre de tutelle, Erik Solheim, en charge du Développement, était venu annoncer à ces hommes et femmes que la Norvège, ayant créé un fonds de soutien en leur faveur, leur offrira des garanties financières et professionnelles, si d'aventure leurs enquêtes tournent mal pour eux. Elle pourrait par exemple les recruter comme consultant au sein de Norad, la direction en charge du développement rattachée au ministère des Affaires étrangères pour laquelle je travaille, ou appuyer leur candidature auprès des services juridiques de la Banque mondiale ou de la Banque interafricaine, elle propose en tout cas de garantir leur avenir matériel.

Quelques semaines plus tard, un message s'affichait sur mon écran internet de poche :

> Ivan était à Washington le 1er mars, nous avons déjeuné ensemble.
> Depuis notre réunion de Paris, sa situation s'est aggravée. Son équipe subit une très forte pression politique, son bureau est surveillé par des membres du parti. Il est victime de harcèlements, on lui dit par exemple qu'Aleman est dehors pour l'avoir. Il reçoit des menaces de mort...
> *Rick*

Ivan, c'est Ivan Lara, magistrat du Nicaragua. Aleman c'est Arnoldo Aleman l'ancien chef d'État et l'un des hommes les plus riches du pays, qui ne laisse de ses années au pouvoir, entre 1997 et 2002, qu'un empilement de scandales et d'affaires de corruption. Il aurait amassé quelque 250 millions de dollars. Sous la férule d'Ivan, la justice a bien travaillé. L'ex-président a été condamné pour blanchiment, vol et abus de biens sociaux, à vingt ans de réclusion. Pourtant, il est dehors et circule librement à Managua. La menace qui pèse sur Ivan est directe.

Le message est signé Rick Messic de la Banque mondiale. Cet avocat américain, plutôt républicain, est membre du Network. C'est un esprit brillant, agile et souvent drôle. Son mail permet de relier un homme de Managua, seul et en danger, à Paris, Oslo et Washington. Mais il sonne comme une alerte à prendre très au sérieux. Peut-être Ivan sera-t-il le premier qu'il faudra protéger, abriter quelque part.

Il y a aura toujours des justes, des acharnés. Et je ne me lasse pas de les rencontrer. Romina Picolotti m'a beaucoup appris. Cette petite femme d'une quarantaine d'années est aujourd'hui secrétaire d'État à l'Environnement en Argentine. Lorsque je l'ai connue, elle était avocate, elle animait un mouvement en faveur des droits de l'homme et de l'environnement (CEDHA, Center for Human Rights and Environment). Elle multipliait les procédures contre les multinationales et avait obtenu que la jurisprudence de la Cour interaméricaine des droits de l'homme assimile la violation de l'environnement à une violation des droits de l'homme. Elle était de passage en Norvège, elle m'a raconté son dernier combat, contre le plus grand papetier mondial Botnia, qui fermait ses usines en Finlande pour s'installer sur le fleuve Uruguay, où il menacerait tout l'écosystème. En clair, il déplaçait une industrie polluante de l'Occident vers une zone pauvre où la corruption peut tout régler.

Du haut de son mètre soixante, Romina mobilisait, elle avait organisé une marche de 50 000 personnes, puis de 120 000, elle avait écrit à la Banque mondiale qui soutenait le projet Botnia pour exiger une copie de l'étude d'impact et obtenu qu'une nouvelle étude plus fouillée soit effectuée. Aux Pays-Bas, elle avait même fini par obtenir le retrait d'une banque qui finançait partiellement la nouvelle implantation, estimée à 1,8 milliard de dollars. Nordea, banque nordique était en revanche encore de la partie, il fallait qu'elle s'en retire. Romina avait rendez-vous avec ses dirigeants et elle comptait bien les menacer d'un procès. Mais la voie juridique laissait à l'usine le temps de polluer le fleuve et tous ses affluents. Il fallait aller plus vite. J'organisais une rencontre avec l'association écologiste norvégienne Bellona. Ensemble, ils imaginèrent à la hâte une campagne pour faire pression sur la banque, et convoquèrent une conférence de presse, qui fit l'ouverture du journal de 20 heures. Le but était atteint. La Norvège était réceptive.

Elle est habituée à confronter l'éthique et l'économie. Un an plus tôt, par un communiqué du ministère des Finances, elle avait annoncé qu'elle retirait ses fonds du numéro un mondial américain de la distribution Wal-Mart, pour non-respect du droit syndical. Le fonds de pension public norvégien, anciennement « fonds pétrolier » parce qu'il recueille les importantes recettes pétrolières de l'État, est l'un des mieux dotés au monde, il est placé dans des entreprises dont le royaume contrôle la « moralité » et les activités, ce qui confère à Oslo une force de frappe certaine. C'est juste une question de volonté politique.

L'opinion publique est là, tout près, connectée, gavée d'images, il faut lui parler, solliciter son esprit critique. Sur ce terrain-là aussi, il faut jouer, ne pas abandonner les citoyens aux marchands du Temple ou aux tribuns. Il faut s'allier à eux, les informer par toutes les voies possibles. Dans nos sociétés occidentales, la foule est pessimiste, elle a enterré tous les grands soirs, elle déborde de ressentiment, mais elle réclame aussi de la transparence. Il faut la mobiliser, lui parler juste et fort.

La force qui nous manque

Je garde précieusement, posée dans un cadre ancien, une photo de ma grand-mère, Rønnaug. Elle regarde droit devant, prête à accueillir l'avenir. Elle va bientôt quitter son mari. Ma mère, toute petite fille, est assise sur ses genoux. Rønnaug est très brune, elle le restera toujours, jamais un cheveu blanc n'est venu ternir sa chevelure. La famille soupçonnait de secrètes teintures. Mais ma grand-mère est morte démente et toujours aussi brune. Elle ne trichait pas.

Dans mes yeux d'enfant, elle était coiffeuse et aussi chanteuse. En fait, elle coiffait à l'Opéra et chantait divinement, comme ça, pour un rien, ou juste pour nous le soir. Elle vivait seule depuis de longues années. Elle parlait d'art et avait des exigences de beauté. Elle habitait, travaillait et recevait au premier, nous étions au deuxième. Oslo. Markveien au numéro 1. La rue en pente, offrait une belle piste de luge l'hiver. En haut, les chutes d'eau, bruyantes et rapides venues de la montagne toute proche, déversaient la nature en pleine ville, tandis que l'usine de crack-pains crachait de bonnes odeurs par sa cheminée de briques rouges. En bas, il y avait le temple, même couleur que l'usine. Nous le fréquentions bien sûr, et aux offices habituels nous ajoutions, mes deux sœurs et moi, la sortie des mariés le samedi, et le lendemain, école du dimanche, la visite à la sacristie pleine de livres. Au-delà, passé la petite fontaine Art déco, puis la place que l'hiver changeait en patinoire, il y avait l'école primaire, et, à droite, le magasin de chapeaux qui marquait la fin du périmètre autorisé. Seules, nous n'allions pas plus loin, sauf parfois pour descendre jusqu'à la bibliothèque. C'était une maison jaune posée au milieu d'une place un peu plus bas. Elle y est toujours. Comme le lycée à droite en sortant de chez nous. Là, j'avais choisi la filière mathématiques, sûre d'y croiser plus de garçons qu'ailleurs. Là, j'ai aimé, aussi, les attroupements et les interminables discussions les jours d'élections. Dans ce quartier populaire, tout le monde votait social-démocrate. La sociale-démocratie de l'après-guerre vissait partout et en chacun l'idée égalitaire. Deux de mes amies qui vivaient un peu plus loin dans la cité Sofienberg étaient voisines du Premier ministre Einar Gerhardsen, elles jouaient même avec ses enfants. Il habitait avec les autres.

Mes parents, eux, votaient à droite. Nous étions des propriétaires. L'immeuble où nous vivions appartenait à mon arrière-grand-père maternel, qui avait lâché le commerce de framboises pour faire fortune dans l'immobilier. Mon père, lui, était tailleur, issu d'une famille d'anciens paysans de montagne, qui firent fortune à Oslo en devenant les tailleurs de l'armée royale. Nous étions des artisans pas des ouvriers. Il y avait chez nous le sentiment vague et jamais méprisant d'être au-dessus de la misère ambiante. Nous n'avions pas de commodités, juste un seau à l'étage. Et nous allions comme beaucoup au sauna public une fois par semaine. Mais nous tenions à nos légendes familiales. Nous étions fiers des photos de mon père avec le roi.

C'est ma grand-mère qui donnait le ton. Elle savait avoir l'air mondaine, raffinée, fine silhouette aux yeux bleus que les années n'étaient pas parvenues à alourdir, que les soucis n'avaient pas fait plier. Elle avait divorcé à 26 ans, était partie vivre seule à Oslo avec deux tout jeunes enfants. Son père l'avait logée et exigeait qu'elle signât des reçus lorsqu'il lui prêtait de l'argent pour acheter des souliers neufs à ses enfants. De son mari, notre grand-père dont elle avait divorcé, elle nous disait toujours avec un brin de fierté qu'il avait participé à la construction du navire *Fram*, fameux pour avoir mené les conquérants Nansen et Amundsen vers les deux pôles. Sa voix s'attardait sur ces légendaires expéditions, comme pour y fondre l'absent, pourtant simple monteur en isolation qui n'avait jamais quitté le port. Elle disait qu'il était beau et intelligent, et aussi que je lui ressemblais. Elle n'insistait pas sur l'alcoolisme qui l'avait rongé, et contrainte, elle, à fuir. Elle voulait tout embellir. Elle chantait, elle coiffait, aimait sûrement des hommes de passage, je ne suis pas sûre qu'il y en eut beaucoup.

Sur son palier, vivait une femme triste et très vieille qui rentrait d'Amérique, pleine d'images de l'Eldorado pour lequel beaucoup de Norvégiens sont partis. Elle m'intriguait, j'avais 8 ans, je me demandais pourquoi elle était seule, pourquoi elle était rentrée, ce qu'elle avait laissé là-bas. J'étais pleine de questions, je fouillais sa vie de mes doutes, je redoutais ses zones d'ombre. Alors je me tournais vers ma grand-mère, qui me semblait légère. De ce côté-là, il y avait toujours un peu de bonheur à prendre.

J'ai là une autre photo, prise en 1951 lors du baptême de ma petite sœur. C'est l'hiver, nous sommes emmitouflés dans de longs manteaux taillés par mon père. Alignés devant l'église, nous tenons tête au froid, mieux que d'autres sûrement, nous avons le privilège d'une chaude étoffe paternelle taillée sur mesure. Ma grand-mère porte un ravissant chapeau serti d'un nœud. Elle a 65 ans, elle semble en avoir quarante, elle a dû passer un temps infini devant son miroir pour ajuster les plis de sa coiffe.

Plus je vieillis, plus je la regarde. Je scrute et je cherche en elle les signes d'un orgueil féminin qui résiste au temps, aux regards, aux formats imposés. Il m'a fallu des années, il m'a fallu grandir pour estimer tout le courage et toute la force que demandait cette vie-là. L'an dernier, un livre m'a fait revenir à ma grand-mère, il se passe loin d'elle, mais il me parle de son temps : *Blanche et Marie* du romancier suédois Per Olov Enquist. Marie c'est Marie Curie, deux fois Nobel, deux fois amoureuse, mais trop extravagante aux yeux de la morale. Blanche c'est Blanche Wittman, entrée adolescente dans le château des fous, hôpital de la Salpêtrière, où règne le professeur Charcot qui utilise l'hypnose pour libérer les femmes de leurs douleurs mystérieuses. Il y a dans ce livre les morsures d'une époque qui n'apprécie pas les débordements féminins, il y a dans ce livre un presse-ovaires, 6 000 femmes enfermées comme hystériques. Ma grand-mère a vécu, ces années-là, seule et indépendante, dans une société puritaine. C'est peut-être aussi pour cela qu'elle chantait si fort et si juste, elle couvrait le bourdonnement des angoisses et des qu'en-dira-t-on. C'est elle qui avait poussé sa fille, ma mère, à poursuivre ses études. Elle y tenait. Elle insista. C'était très rare à l'époque. La réussite d'une fille se mesurait à son mariage pas à son diplôme. Ma grand-mère nous fit gagner des dizaines d'années.

Rønnaug fut très réservée quand ma mère lui annonça son intention d'épouser mon père. C'était un de ces soirs où elle chantait en petit cercle qu'ils s'étaient rencontrés. Ils devaient avoir 17 ans. Lui, sembla un peu rustre à ma grand-mère d'opéra. Il s'appelait Farseth, ce qui veut dire « petite ferme de transhumance ». Son père était le tailleur de l'armée royale, sa mère fit valoir leur argent, ce qui n'arrangea pas l'humeur de Rønnaug.

Mais mon père et ma mère s'aimaient alors ils se marièrent. Maman était la plus forte, l'intellectuelle, digne fille de sa mère. Mon père était attentionné, viril et habile de ses mains. Lorsque l'armée nationalisa l'atelier Farseth, il devint sergent puis lieutenant. Il fut moins riche que son père. J'ai une photo prise sur un quai de gare, pendant la guerre, il flotte dans son pantalon, porte une casquette, un épais pull jacquard, et moi sur son dos. Il a à côté de lui sa scie, il fait froid, il prend le train et s'en va couper du bois chez les gens, histoire d'arrondir notre ordinaire. Mes parents étaient déclassés mais joyeux.

J'ai appris depuis à lire entre les lignes des légendes, appris que l'arrogance de ma grand-mère paternelle reposait moins sur sa fortune que sur sa blessure de fille illégitime de grands fermiers, appris que mon grand-père habilleur de l'armée buvait trop, que la police le ramenait souvent chez lui, que c'est peut-être l'un de ces soirs-là qu'il lâcha à mon père « tu n'aurais jamais dû naître ». Mon père fut donc un enfant mal aimé. C'est pour cela aussi, peut-être, qu'il aima tant ma mère, qu'il voulait le lui prouver en bâtissant sans cesse. Il retapa pour nous *L'Albertine,* petit bateau de bois sur lequel nous faisions le tour des îles l'été, ou encore la maison de campagne dans le fjord d'Oslo, que nous rejoignions dès les beaux jours, fuyant les murs noirs et charbonneux de la ville. Il nous construisit à Gol, sur les terres de ses parents, deux petits chalets au bord d'un promontoire. Il avait le goût des détails, il fixa les bois d'un daim pour encadrer l'ampoule au-dessus de la porte. Il n'en finissait pas de donner de l'allure à notre vie. Les miens, quand j'y repense, ont eu le talent de nous épargner leurs peines.

Certaines pourtant sont indélébiles. Je m'en suis rendu compte il y a quatre ans. C'était à l'occasion de la traduction norvégienne de mon deuxième livre, j'ai été invitée à Gol pour une séance de signatures, j'ai voulu y emmener mon père, mais il a résisté, il m'a dit : « Farseth n'est pas un nom bien vu là-bas. » Soixante ans après, il faisait encore allusion à une honte familiale, véritable plaie ouverte : un de ses cousins avait combattu côté allemand pendant la guerre de Finlande, c'était le fils de la tante Kristi, celle que j'aimais pour son odeur, quand j'étais petite fille, celle dont je n'interrogeais pas les silences. J'ai insisté auprès de mon père pour qu'il vienne. Il a cédé. Je l'ai installé sur une chaise près de moi dans la librairie, et ensemble nous avons vu venir vers nous de familiers visages.

À Gol, tout en haut du chemin, il reste une barrière de bois, une boîte aux lettres rouillée au nom de Farseth, la bergerie dont la couleur rouge sang de bœuf passe lentement d'année en année et la maison en bois blanc des arrière-grands-parents, à l'abandon. Par les carreaux encrassés on devine de toutes petites pièces, quelques vieux meubles de bois qui se décomposent.

Rønnaug est morte en 1970. Confuse, nous reconnaissant parfois, puis de moins en moins. Son sourire ne disait plus sa force, il n'était qu'un réflexe. Elle emportait avec elle bien des pensées et des soupirs dissimulés. Elle avait écrit sous mes yeux, sans le savoir, une belle page d'émancipation féminine.

Beaucoup de mes amies, alors, étaient féministes. Moi pas vraiment, c'était peut-être lié à mon manque de culture. Dans mon milieu d'artisan, on n'entassait pas les livres. De ma grand-mère, je ne voyais que l'inusable silhouette chantante et soucieuse des hommages masculins. De mes parents, j'aimais l'image rassurante d'un couple uni et amoureux. Et s'ils m'ont appris à ne jamais être dépendante d'un homme, c'est parce qu'ils savaient les temps fluctuants. Chez nous, malgré tout, la préoccupation d'une jeune fille était de se marier. La sexualité était décrite tel un champ de mine qui vous changeait, en « marie-couche-toi-là » ou en « fille mère ». Je revois la mienne de mère qui me disait : « Les jeunes filles sont des côtelettes d'agneau, les hommes des loups qui les croquent. » Curieuse manière de me montrer le passage. Je préfère cette métaphore maritime entendue bien plus tard de la bouche d'un vieux psychiatre, qu'un jour j'ai consulté. « Une femme c'est comme un navire, avoir un homme, ça la tient d'aplomb. »

Depuis mon retour, j'ai repris à Oslo mes promenades, dans le grand parc dessiné et sculpté par Gustav Vigeland, élève de Rodin. J'ai redécouvert ses statues, corps nus, petits, grands ou vieux, hommes ou femmes, qui vont librement, s'entremêlent, s'emboîtent, se cambrent, jouent, se consolent, et se rejoignent en un très phallique obélisque gorgé de vies. Le corps est toute-puissance chez nous, partie intégrante de la divine nature. Sa nudité, facilement montrée, ne signifie pas pour autant jouissance autorisée, quoi qu'en disent les dictons mondiaux. Je me rappelle mon premier voyage à Paris, une Norvégienne comme une Suédoise passait pour une dégourdie. Cruelle méprise !

J'ai repris aussi le tour du fjord par la mer. Avec mon kayak, tôt le matin, quand les courants l'autorisent, je repasse là où *L'Albertine* nous emmenait sous la conduite de mon père. Lui est toujours là. J'étais venue veiller sur ses vieux jours, il se porte comme un charme.

J'ai retrouvé la compagnie de Tone, mon amie d'enfance jamais perdue de vue. Elle était de l'autre lycée, plus bourgeois, plus léger. Elle enregistrait alors pour moi sur cassettes la musique d'une jeunesse frivole à laquelle je n'appartenais pas. Elle aimait surtout Bob Dylan. Nous avions ensemble tourné un road-movie, réalisé par un ami Ola, avec les moyens du bord. Le court-métrage contait l'histoire d'une bande de jeunes, filles et garçons, serrés dans une vieille limousine, ils pillent une épicerie, volent de la bière, s'en vont la boire au bord de la mer. À la fin du film, ils se font cueillir par la police. Il fallait une fin morale pour que ce projet lycéen fût autorisé. Je me rêvais actrice sans deviner alors que c'était l'ordre qui m'attendait. Naïve blonde de 16 ans, je donnais même dans le journal du lycée une courte interview où j'esquissais quelques rêves d'un plan de carrière. C'était l'été, nous portions des ballerines, et nous flirtions cheveux au vent. Un titre de numéro 3 au concours Miss Norway est venu deux ans plus tard compléter et clore mon éphémère carrière. Les garçons de ma classe m'avaient inscrite. Ce n'était alors pas une industrie, mais une compétition balbutiante et folklorique où l'on gagnait de jolies paires de bas.

Tone n'a jamais coupé ses longs cheveux blonds, comme font les femmes vieillissantes délaissant leur parure, mais elle sait que la vie ne tient pas toutes ses promesses. Elle a retapé seule sa maison sur l'île de Killingen en face d'Oslo, elle y empile ses souvenirs, et certains des miens. Elle a appris à marcher sur la glace pour rentrer vite l'hiver. Elle l'écoute, la scrute, jauge son épaisseur, et avance, pas à pas. La glace fait du bruit, elle parle. Elle craque et menace quand elle est encore jeune et fragile. Tone accroche alors deux pics au creux de ses mains. Ils lui permettront de se retenir au bord du trou. Elle est déjà passé au travers et n'a pourtant pas renoncé à ce chemin vers chez elle. C'est pour moi l'image même du risque calculé. Un moment où la vie dépend de ce que l'on connaît, et de ce que l'on sait écouter.

Mes amies les plus proches sont des femmes raisonnables. Elles ont même parfois des accents fatalistes. Tone les comprime dans ses sourires que je sais déchiffrer. Elle me devancera toujours sur la glace, puis elle écoutera le récit de mes lointains combats contre la corruption dans les allées du pouvoir, là où l'on ne croise quasiment que des hommes. C'est peut-être cela l'amitié féminine : nous ne nous ressemblons pas forcément, mais la force qui nous manque est là juste à côté, chez l'amie, l'appui.

J'étais, je suis, et resterai cette femme impatiente, têtue, coquette, épuisante parfois pour les autres. J'ai grandi sous la protection de gens aimants et battants, de femmes bienveillantes, sous l'œil d'une bonne fée déguisée en grand-mère, je suis partie dans la vie avec un beau capital. C'est le genre de chose qu'on ne comprend que très longtemps après, lorsque l'on revient sur ses pas, comme je l'ai fait.

Post-scriptum : J'ai acheté le dernier livre de Jane Fonda. Je ne l'ai pas terminé. Celle qui nous faisait rêver, moi et les patientes de mon mari, y raconte qu'elle a souffert et pleuré par la faute des hommes. Soudain, elle m'a ennuyée.

Pascal

Je n'en veux plus à Pascal de s'être donné la mort. Ma colère est tombée. Elle a duré quelques années et m'aura plus ou moins protégée des remords et des souvenirs. Elle s'en est allée d'elle-même, sans que je le décide, elle me laisse fataliste et souvent attendrie. Le temps a fait son œuvre : comme les étoiles depuis longtemps éteintes, Pascal, a laissé sa lumière.

Il est mort chez nous à Bouray, il y a six ans, dans notre maison au jardin fleuri. Il était seul. Nous étions séparés depuis quelque temps, nos illusions nous avaient faussé compagnie. Je savais qu'à tout moment il pouvait passer à l'acte. Mes enfants et moi redoutions ses trop longs silences, et ce jour-là nous étions en alerte, déjà en route. C'est le procureur d'Evry qui m'a confirmé sa mort. Pas la voix d'un proche ou d'un voisin, non, celle douce mais plus lointaine d'un collègue, alerté par la police, comme si la justice avait fini par occuper toute ma vie. Pascal semblait ainsi boucler sa démonstration. Le jour où j'ai intégré la magistrature, il fit grève de la parole des jours durant.

Je ne peux regarder en arrière, ni même en avant, sans m'arrêter un instant sur ce qui nous est arrivé. D'autres se sont crus autorisés à le faire, laissant de lui l'image d'un mari égaré, je veux lui rendre ici toute sa richesse. Je ne sais si c'est ouvrir trop grand son cœur, ou trahir des secrets, mais en trouvant des mots à notre histoire, elle pèsera moins lourd.

J'ai là, sur les étagères, parmi les livres et les papiers, la lettre qu'il m'a laissée, et aussi toutes celles qu'il m'écrivait à l'aube de notre longue idylle. Elles ne sont pas rangées ensemble. Les mots d'amour sont dans une boîte de carton noir. La boîte noire, c'est la pièce à conviction quand l'avion s'est écrasé. Et nous nous sommes crashés.

Tout est là, jauni, pas classé, dans des enveloppes qui s'effilochent. En relisant, quarante ans après, j'ai comme l'impression qu'en amour ce qui fait la rencontre peut aussi la défaire. Son étreinte dit tant de sa détresse.

Année 1964… *« J'ai trouvé un cheveu roux sur ma veste et tous les autres me manquent… » « Il y a toujours un petit coin chatouilleux dans mon dos… » « Je n'aime pas les gares, c'est plein de machines à enlever les amis, à moins que tu ne reviennes un jour. »*

Ce sont les mots passionnés des débuts, faits d'attente et de retrouvailles. Entre nous, cette intensité dura bien au-delà des premiers mois. Nous nous sommes connus à Pâques de cette année-là. J'avais croisé sa mère, France Joly, au bureau de placement du Crous : elle cherchait une fille au pair, nous avons fait affaire. Du XVIe où j'avais décroché mon premier emploi, j'ai déménagé vers le VIe arrondissement. J'ai rencontré là une toute autre bourgeoisie : chez ces gens-là aussi, l'assurance avait quelque chose d'inné, mais elle était plus élégante, et la bienséance voulait qu'on ne méprise pas le personnel.

Le docteur Joly était un ophtalmologiste réputé pour avoir participé à la première greffe de cornée. Il était mondain, très écrasant pour sa femme et ses enfants. Ils étaient trois fils et une fille. Pascal était brun couleur jais, il avait les yeux verts, il était beau et plus encore pour une Norvégienne. Il roulait dans une Symca bleue décapotable, il avait 22 ans, il était en deuxième année de médecine et très vite nous sommes tombés amoureux. Nous nous voyions en cachette.

Tout est dit de nos stratagèmes dans ce post-scriptum.

« Ne réponds pas par téléphone car je préfère que les parents ne sachent pas que je veux passer des vacances avec toi. »

Année 1966.

« Ci-joint deux graines. Si tu les plantes, tu auras si elles poussent, dans cinq ou dix ans, deux arbres qui donnent de magnifiques fleurs au printemps (roses) ça fait de très gros arbres : les arbres

de Judée. Et ainsi on pourra aller faire la sieste dessous, à l'ombre du soleil norvégien. »

« À propos de l'article que tu m'as envoyé, j'ai entendu ce matin même une longue propagande à la TSF au sujet du planning familial. Je crois qu'avec un peu de patience on arrivera à arracher aux idiots et aux hypocrites leurs vieilles idées taboues et que les gens pourront bientôt être un peu plus libres d'avoir leurs enfants quand ils le veulent... »

Notre histoire durait, nos sentiments s'affermissaient, notre époque bougeait. Il m'écrivait de Reims. Ses parents l'avaient envoyé là-bas faire sa médecine. À Paris, il avait raté sa troisième année, et surtout, j'étais là, de plus en plus encombrante dans le décor. Je ne travaillais plus chez les Joly, j'étais l'amante indésirable de leur fils, j'étais donc partie faire la fille au pair ailleurs, deux rues plus loin. J'épuisais une bonne partie de mon salaire en billets de train pour Reims. Pascal m'attendait à la gare avec sa 2CV, nous allions à l'hôtel Le Provençal, sa chambre chez un ami de son père, responsable de la faculté de médecine, n'étant pas très indiquée pour nos retrouvailles. Mais nous étions très sérieux, nous travaillions à la bibliothèque, lui sa médecine, moi mon français. Nous sortions juste toutes les deux heures, nous caresser les cheveux et les joues. À l'heure des repas, j'entrais en douce au restaurant universitaire, et je mangeais le supplément légumes, que Pascal avait pris pour moi.

Année 1967…

« Ma chère Gro, après un très agréable voyage plein de soleil, je suis arrivé à 13 heures à Paris. Maman était là, et toute surprise de me voir si tôt. Je lui ai annoncé la grande nouvelle dès que j'ai eu fini mon repas. La nouvelle a été bien prise. "De toutes les filles que tu connais, c'est sûrement Gro que je préfère avoir comme belle-fille." Elle était soulagée que nous ayons pris une décision, mais inquiète ne sachant comment papa va la prendre…

N'oublie jamais de te conduire comme si tu étais déjà ma femme et je serai ton homme. »

Nous nous sommes mariés cette année-là. De ce jour de noces, son frère a dit : « *Quand Gro a épousé Pascal, je pensais qu'un tel bonheur n'était pas possible.* » Il a murmuré cette phrase longtemps après, le jour de l'enterrement de Pascal. Comme s'il voulait expliquer qu'il s'était trompé, que, de ce mariage, il avait trop attendu, trop espéré qu'il déviât le cours de la fatalité. Car il devinait son frère pour avoir grandi avec lui. Dès 1973, Pascal avait dessiné la tombe qu'il souhaitait. Nul, à l'époque, n'avait songé à jeter ce morbide croquis, comme on le fait des mauvaises plaisanteries. Son vœu fut donc respecté.

Toujours il s'est cherché des refuges, il savait de son crayon convoiter la mort, comme de ses mains habiles bâtir une cabane. Dans le jardin de Pargny, résidence secondaire de sa famille dans l'Aisne, il avait dessiné et nettoyé au fond du parc un petit périmètre des sous-bois, il y avait bâti une cabane tapissée de mousse pour nous deux, un abri antiatomique en quelque sorte, loin de la luxueuse demeure, de l'écurie et des tracas familiaux. Il me la décrivait branche par branche dans ses lettres.

Il avait grandi parmi les apparences, les injonctions sociales et paternelles. Alors, devenu adulte, il cherchait toujours à vérifier la réalité et la puissance des sentiments, c'était comme s'il demandait double ration, supplique d'un gosse des beaux quartiers, qui finalement a manqué.

Il aimait la musique, la poésie, il aimait vibrer. Il n'aimait pas sortir, détestait les échanges superficiels, dont je n'ai découvert le plaisir que très tard. Il était intense, parce que fragile, possessif parce que très seul. Jeunes mariés nous faisions tout ensemble. J'ai retrouvé récemment une vieille invitation qu'il dessina pour moi alors que je donnais un « cocktail couture » – comme c'est chic et démodé avec le recul –, chez l'une de mes amies rue du Faubourg-Saint-Honoré. J'étais devenue secrétaire chez Barclay, mais, en digne fille de tailleur, je cousais mes vêtements. Il peignit pour l'occasion un grand panneau devant lequel je faisais défiler mes modèles. De mon côté, je passais des soirées entières à lui faire réciter sa médecine, voie toute tracée pour lui par le haut désir paternel. Pascal n'aimait qu'être à deux. Même nos enfants, plus tard, il savait les congédier. Huit mois après la naissance de notre fils, nous sommes partis faire la Loire à vélo, comme deux amoureux. Margreta notre fille au pair, Norvégienne bien sûr, veillait sur la maisonnée. Elle venait d'avoir un bébé, elle aussi, si bien que lorsque j'ai repris le travail, elle allaitait notre fils, et moi, le soir, j'allaitais le sien et le mien. Il y eut, chez nous, un réel bonheur, et une touche du naturel scandinave. Pascal aimait beaucoup ma famille, plus spontanée que la sienne. « Là au moins je ne me sens pas un raté », disait-il.

Il reste là-bas, en Norvège, de ces nombreux objets qu'il confectionnait à tout va. Sur le bord de la cheminée de Tone à Killingen, il y a encore le corps d'une femme cambrée sculptée dans un os à moelle. Juste à côté, une fleur pâle de l'île coulée dans du plastique. On dirait l'une de ces boules qu'on secoue pour faire tomber la neige. Mais il n'y a pas de flocons. Juste quelques bulles d'air et le souvenir des improvisations de Pascal.

Il aurait pu devenir un médecin malgré lui, il fut un généraliste généreux, le confident de ses malades. En se penchant sur leurs maux, il embrassait leur histoire, trop peut-être, lui disais-je alors. Car tandis qu'au fil des rendez-vous il aspirait les drames du voisinage, en lui s'écoulait toujours le venin de la mélancolie. Il a intensément aimé être un jeune époux, un jeune père, un jeune médecin, il eut l'illusion d'effacer tous les doutes, et de tout recommencer. Nous avions en commun la conviction que tout est possible. Mais il fallut apprivoiser l'impuissance. Je crois avoir appris à jouer avec elle, Pascal non. Il cherchait au contact de la douleur l'illusion de savoir tout transformer. Il s'y brûla.

Il allait sur la butte d'Itteville, dans une zone pavillonnaire des années 1930 construite pour les ouvriers et contremaîtres. Là, vivait quasiment recluse une femme dont le premier enfant s'était noyé dans la rivière en contrebas, et l'autre, plus tard suicidé. Elle appelait Pascal, il venait, il s'arrêtait à la boucherie, lui achetait un steak, qu'il faisait cuire. Puis, comme elle avait perdu l'habitude de se laver, il mouillait un gant de toilette qu'il passait dans son cou et sur son visage. Ses gestes dépassaient la médecine.

Un jour, il fut appelé au camping de Vert-le-Petit, parce qu'une caravane fumait. C'était une résidence permanente, un toit de fortune. Quelques heures plus tard, il m'appela pour me demander si je voyais un inconvénient à ce qu'un jeune couple et ses chiens viennent vivre dans la petite maison que nous avions dans le jardin. Ils restèrent neuf mois. Il avait ces élans-là, Pascal. Il supportait très mal la mort de ceux qu'il avait suivis. J'aidais, j'accompagnais, je tenais des permanences juridiques pour ses patients le samedi après-midi. L'utopie des années 1970 nous portait, elle le galvanisait. Il prescrivait du Subutex aux drogués pour les aider à sortir de leur dépendance, c'était alors illégal, mais il préférait enfreindre une loi stupide que d'abdiquer. Il dut pourtant renoncer car son nom circula très vite chez tous les toxicomanes de la région, il ne voulait pas devenir le docteur Subutex.

Difficile de dire quand deux chemins s'éloignent. Des millions de couples ne communiquent pas tout en parlant la même langue. Mais nous ne nous sentions pas comme eux, nous avions cru à la promesse de la passion, elle semblait nous protéger de l'usure.

Pourtant il fallut bien se résoudre à notre différence : il aspirait à la bulle, j'aimais que les portes s'ouvrent. Un couple, aussi fort soit-il, reste une addition. Les serments des amants ne pèsent pas lourd face aux pactes de l'enfance, j'ai grandi avec tous les possibles, lui avec l'impossible.

Ainsi il s'assombrissait, et je me renforçais. J'avais l'impression d'avancer, j'avais fait mon droit et mes enfants parallèlement, peu m'importait que la date d'un oral de licence coïncide quasiment avec celle de l'accouchement, je me débrouillais pour tout faire en même temps. Ensuite, comme Pascal, j'ai côtoyé la misère du monde. L'hôpital psychiatrique, où je fis du conseil juridique, était la cour des miracles, ballet de femmes et d'hommes défigurés par l'angoisse et l'alcool. Mon parcours de magistrate, comme substitut du procureur au parquet d'Orléans, véritable comptoir du malheur, ou au tribunal d'Evry, ville de béton qui s'affichait « nouvelle » mais se lézardait déjà, mangée par le chômage, la précarité et la délinquance, a stocké en moi des drames, et des visages.

Malgré tout j'avançais, j'avais soif d'apprendre. J'aimais rentrer chez moi, j'appelais pour m'excuser de mes retards, je promettais de plus longs weekends, j'attendais impatiemment nos vacances à bord du camping-car, que nous garions le soir sur une plage, l'arrière face à l'horizon, pour que, le matin venu, nous ayons ensemble un petit-déjeuner sur la mer. Nous n'étions pas du genre à nous aligner dans un camping avec un numéro d'emplacement attribué à l'entrée. Nous avions en commun l'irrespect des convenances. À Bouray, il nous est arrivé de prendre le petit bateau gonflable pour aller faire un tour à quatre, avec les enfants, sur la Juine. Elle était non navigable. Très vite nous nous sommes heurtés au gardien du château et à son fusil. Nous étions en colère, en Norvège disais-je, il est interdit de confisquer la nature. Nous avions 45 ans peut-être, et donc atteint cet âge qui vous apprend la résignation, nous menacions pourtant de toutes les procédures pour faire classer la rivière en voie navigable.

Mais je sentais la faille grandir. Pascal était très seul dans son cabinet médical de Saint-Vrain. Moi j'allais à Paris. Depuis longtemps je ne cousais plus mes robes, j'achetais des tailleurs. J'ai travaillé au ministère des Finances, puis je suis devenue juge d'instruction, j'ai fréquenté la puissance et bientôt la lumière. Que mon statut social dépassât le sien, il s'en fichait, mais il m'en voulait de cette énergie qu'il n'avait plus.

Sa mère est morte chez nous, d'un cancer généralisé. Pascal était médecin, il souhaitait veiller sur ses dernières semaines, avec l'aide d'une infirmière. Je suis restée huit jours avec elle à parler, à revisiter l'histoire, le rejet familial dont j'avais été l'objet, elle regrettait, me disait combien elle était heureuse pour son fils, qu'elle allait passer l'hiver, et qu'au printemps nous irions ensemble au cinéma. Un 14 février, j'ai fait sa toilette mortuaire, son lit de parade, et je l'ai maquillée avec l'aide de notre femme de ménage.

Dans notre maison, commençait toute une série de deuils.

Nos dernières années ensemble n'ont pas été belles. J'avais aimé son romantisme, ses mots, ses boucles brunes, sa culture. Il avait aimé mon énergie de libre voyageuse. Je voulais avec lui m'enraciner. Il voulait avec moi s'échapper et s'envoler. Mais son fardeau se révéla beaucoup trop lourd. L'alcool devint un refuge. Nous l'avons soutenu chaque fois qu'il tenta d'en sortir. Vient un moment, pourtant, où l'on comprend que l'on ne sauvera pas l'autre en renonçant à soi. Je sais que l'on pourra me trouver dure, mais je ne me suis jamais sentie coupable de ne pas être la mère ou l'infirmière de mon mari.

Je suis partie quand j'ai compris qu'il ne me voyait même plus comme une amie. Sa tête était lourde de contresens, de ressentiments et de complots en tous genres. Il retourna les médicaments contre lui, je les cachais, mais il sut s'en servir. Il y eut une répétition, un suicide manqué. J'entends encore les gendarmes sonnant à la porte du jardin à 4 heures du matin, ils voulaient la liste des produits absorbés afin d'écrire leur rapport, je leur claquai la porte au nez. Le lendemain, coup de fil de Laurence Vichnievsky, ma collègue, mon amie : le procureur voulait me rencontrer pour savoir si j'étais en état de continuer. Ça m'a énervée, j'avais l'impression qu'on voulait me faire passer des tests psychiatriques, Laurence m'expliqua en douceur que la question méritait tout de même d'être posée. Elle le fut, et j'ai poursuivi l'enquête. Une semaine plus tard, en sortant d'un interrogatoire, Roland Dumas me glissa « rassurez-moi madame, sur l'état de santé de votre mari... ». Pour moi, sa petite phrase voulait dire « je sais tout, je contrôle tout ».

Le jour où Pascal sortit de l'hôpital, j'avais tenté de mettre en valeur tout ce que nous avions construit ensemble. C'était un mois de juin, il faisait beau. Sur la terrasse qu'il avait faite de ses mains au dos de la maison, j'avais dressé la table que j'avais recouverte d'une nappe blanche. Et puis j'avais acheté des huîtres, Pascal aimait beaucoup les fruits de mer. Mais le fossé entre nous était toujours là, aspirant la nappe puis tout le décor. Il voulut du vin avec les huîtres, il descendit à la cave, il ne devait plus boire, je le lui rappelais, le ton monta. Au bruit du bouchon de liège s'extirpant de la bouteille, je suis montée faire deux valises, j'ai appelé les deux gardes du corps qui m'escortaient alors, et je suis partie. Mes gestes étaient mécaniques, ils n'excluaient pas le retour. L'été pourtant n'arrangea rien. En juillet, nous avons tenté les vacances dans une belle maison du Sud, louée depuis longtemps, ce fut impossible. En août, j'occupais un appartement parisien qu'on me prêtait. Je gardais le chat, il ne m'aimait pas, lui non plus. Je me suis enfin installée, derrière Montparnasse. J'ai trouvé qu'il était bon de dormir, puis j'ai senti jour après jour comme une libération. J'ai pensé que ce n'était plus de ma responsabilité. Il m'avait autorisée à le quitter.

« Derrière ma fenêtre, une centaine de papillons de nuit font une comédie pour voir ce que je t'écris. Je les mets tous au bout de ma plume et j'en fais un bouquet que je t'envoie avec un petit "baiser de nuit" au milieu. » (1964)

Chères seventies

Les souvenirs mènent toujours aux belles années, ce point de retournement de la vie. Le mien se situe aux confins des années 1970. Années utopiques. Les dernières, à ce jour. À ce titre, elles doivent être classées et protégées dans nos mémoires. Je ne participerai jamais au grand mépris des seventies. Il est de bon ton aujourd'hui de les piétiner, de les accuser de tout, d'un supposé laisser-aller directement responsable des échecs d'aujourd'hui, et de laisser divaguer la nostalgie d'un ordre ancien. Elles ont pourtant porté la revendication des femmes, des jeunes, du Sud, des pauvres, des minorités. La guerre des sexes prit un tour décisif, mélangea filles et garçons à l'école, proclama la liberté sexuelle, au point qu'aujourd'hui les enfants naissent quand on les désire, et pour la moitié d'entre eux hors mariage. Cet héritage, je le revendique. Je sais les déconvenues, l'inertie de l'ordre social, la fracture du monde malgré les bourgeons de la révolte. Le souffle s'est éteint. L'homme n'est pas à la hauteur de ses rêves, mais le rêve était beau. Il m'a en partie construite.

J'étais très timide en arrivant en France. Je ne savais pas demander mon chemin. J'avais pour tout bagage quelques livres, quelques images démodées que ma vieille professeur de français au lycée d'Oslo avait rapportées d'un voyage effectué à vingt ans, et d'intenses révisions de conjugaisons faites dans le train qui me mena du bateau vers Paris. Je disposais d'à peine deux cents mots. L'apprentissage de la langue fut chez moi une prise de parole.

Jeune fille au pair, je n'avais le droit de parler qu'aux enfants. Secrétaire, bien ennuyeux métier qui permettait de vivre avec Pascal l'amour interdit, j'étais la voix docile et féminine du patron. Puis conseiller juridique à l'hôpital psychiatrique, j'ai découvert la parole du malade, celle du médecin, les phrases qui soignent et qui libèrent. En intégrant l'École nationale de la magistrature, je choisissais carrément la voie de l'éloquence. J'avais 38 ans, je profitais d'un recrutement par la voie extérieure, ouvert à ceux qui ont des années de pratique juridique derrière eux. Procureur, je me suis longtemps exprimée la peur au ventre, craignant de confondre un mythe et une mite. J'étais celle qui demandait la condamnation, qui ne devait pas trembler, quand tout mon vocabulaire semblait vouloir déserter. J'en ai connu des nuits blanches avant mes premières réquisitions aux assises.

Dans ma peau d'étrangère, j'avais soif d'intégration sociale et de ressemblances. Je ne l'étanchais qu'aux remous de mon temps, tandis que Pascal noyait ses doutes dans un dévouement de chaque jour. Ces années-là ont déposé en nous des illusions mais aussi des obligations, les revendications des autres valaient pour nous-mêmes. Nous n'étions pas militants, pas encartés, nous venions de trop loin pour cela, ou peut-être étions-nous trop libres, mais nous voulions faire bouger les lignes du monde. Nous voulions ouvrir les portes, et nous les avons ouvertes.

La coquette banlieue aux faux airs de campagne, où nous étions installés, dans l'Essonne, entre vieilles pierres et massifs fleuris, m'avait semblé douce pour les premières années de nos enfants. Nous habitions un hameau de quelques maisons, reliées entre elles par un chemin qui menait à une route plus grande. Mais plus les enfants grandissaient, plus l'endroit me paraissait dangereusement assoupi pour leur insuffler le rêve. Je craignais que rien, dans ce décor, ne les transporte. La boulangère, une dame toujours très maquillée, avait une petite fille de l'âge de mon fils. Il avait décidé qu'il l'épouserait et qu'il reprendrait la boulangerie. Idée fixe d'enfant, qui me faisait lui sourire mais qu'en vérité intérieurement je combattais. J'étais un mélange du voyage et de l'utopie. Ce que j'avais voulu pour moi, je le voulais aussi pour eux. Dans ce village, je redoutais l'ennui, les regards en coin, et le conformisme où étouffe la jeunesse, quand j'aurais pu y voir un bout de douce France où l'étrangère a fait son nid.

Lorsque je travaillais au service juridique de l'hôpital psychiatrique Barthélemy-Durand à Étampes, j'ai eu la chance de rencontrer le pédopsychiatre Tony Lainé. Il était beau tant il était convaincu, il était l'un de ces personnages qui n'émergent qu'avec les grandes marées, son service le suivait avec amour. Il voulait sortir les enfants de l'institution, les éloigner de l'hôpital, je travaillais avec lui pour trouver des locaux. Nous discutions parfois, je me sentais novice, je découvrais l'importance de la parole. Je lui ai, un jour, parlé de mes enfants, je lui ai raconté qu'ils étaient baptisés catholiques, que je les avais peut-être privés d'une part de leur histoire, à force de vouloir m'intégrer. Il me rétorqua que cette façon que j'avais de tanguer rendrait effectivement leur chemin plus tortueux. Ce que nous ne réglons pas sont des dettes que nous laissons à nos enfants, semblait-il me dire.

Le dimanche matin, dans le grand lit, il m'est arrivé de lire Hegel à ma fille et mon fils. Ils étaient tout jeunes, encore. Je leur expliquais la philosophie de l'Histoire. Je ne sais pourquoi, j'ai pensé que l'idéalisme révolutionnaire ou le terrorisme pouvaient un jour fasciner mes enfants, comme ils avaient égaré quelques figures de ma génération. J'ai été dans le jury de la cour d'assises spéciales qui a condamné Joëlle Aubron et Nathalie Ménigon, visages féminins d'Action directe. C'était bien plus tard, en 1992, je les revois, toisant les magistrats, lisant des textes révolutionnaires stéréotypés. On sentait des jeunes femmes séduites et dévoyées, perdues au nom d'une révolution qui n'en avait que le nom. J'ai toujours dit à mes enfants qu'il fallait étudier la philosophie, lire, pour ne jamais se laisser embrigader. Je ne sais ce qu'ils comprenaient alors de Hegel. Je voulais sûrement qu'ils en sachent plus que moi à leur âge.

J'avais de brutales appréhensions, revers de mes absences de mère qui travaille trop. Lorsque ce n'était pas la lobotomie du grand soir, c'était la drogue que je voulais leur éviter. Les jeunes toxicomanes qui encombraient les consultations de Pascal avaient le même regard vide que ceux que je voyais lors des comparutions au tribunal pour enfants d'Évry où je travaillais. Un jour, j'y ai emmené ma fille, je voulais qu'elle assiste au pathétique défilé des jeunes trafiquants et des junkies. J'avais cette façon directe de poser la menace devant elle. C'était déjà le début des années 1980, nous avions la gueule de bois. Passé le chamboulement, les excès et les grandes espérances, il fallait atterrir. Mes journées de juge étaient emplies des dérives humaines, elles contaminaient mon attitude maternelle. La société où grandissaient mes enfants n'était pas prometteuse.

Je me rappelle L., jeune gitan sédentarisé que sa mère violentait, jusqu'à lui tremper les pieds dans l'eau bouillante. Il avait une sœur jumelle, il était tout petit avec de grands yeux bleus. Pour lui, nous avons tout essayé. Nous l'avons d'abord sorti de chez lui, il avait 12 ans. En foyer, son état ne s'est pas amélioré. Alors il fut confié à trois éducateurs qui vécurent avec lui dans un logement, pendant presque trois ans. C'était une expérience pilote. Mais L. se mit à voler des voitures, beaucoup, de manière compulsive, nous n'arrivions pas à l'en empêcher. Un jour, pris d'un vrai délire, il fut placé à l'hôpital d'Étampes, il vola carrément l'ambulance. Les audiences se succédaient, simplifiées d'abord, puis plus formelles. Son juge des enfants ne savait plus quoi faire, nous parlions énormément, elle et moi, de cet enfant.

À 16 ans, il fut envoyé dans un hôpital fermé, parmi les grands malades. Ce n'était pas un endroit adapté, le personnel le sentait et le gardait avec lui. Au bout de quinze jours, le psychiatre signa sa sortie. Où était sa place ? Très vite sa première affaire criminelle tomba, un viol. Il fut naturellement emprisonné. L'institution avait épuisé tout ce qu'elle pouvait faire. Le passage à l'acte semblait inscrit en lui. Un jour de sortie avec les éducateurs de Fleury, il s'échappa, se procura une arme, fit du stop, des gens s'arrêtèrent, il les blessa gravement. C'était l'horreur. L'adorable gamin, minuscule derrière le volant des voitures qu'il volait, était devenu un psycho pathe dangereux.

En notre âme et conscience, nous avons désigné un psychiatre dont nous pensions qu'il ne le déclarerait pas irresponsable. Il fut condamné à plus de dix ans. Il se calma enfin. Ses anciens éducateurs, ceux qui avaient passé trois années avec lui dans l'appartement, continuaient d'aller le voir, et ils réussirent là où ils avaient échoué : L. apprit à lire. Les murs, le cadre, le rassuraient. Il doit avoir purgé sa peine aujourd'hui.

L'histoire de cet enfant allait contre notre volonté et nos convictions. Elle prouvait que les institutions ne peuvent donner aux enfants ce qui leur manque. Je ne regrette rien pourtant de notre action pour interdire la détention avant 16 ans, en matière délictuelle. Il m'en reste des mots, des visages de gamins menottés devant nous, qui avaient souvent connu mauvais traitements, attentats à la pudeur, inceste… et pour lesquels nous arrivions trop tard. Françoise Dolto l'avait mené ce combat. C'était la fin de sa vie. Je me suis jointe à un groupe de magistrats autour d'elle. Je l'ai trouvée lumineuse, rassurante, mélange de calme et de tonus. Elle avait une façon de parler simple et directe. Elle n'affectait ni les grandes formules énigmatiques ni les airs supérieurs. Elle n'était pas froide, mais se tenait à distance. Elle ferait du bien aujourd'hui encore, si calme dans une société envahie par la peur, peur des jeunes, surtout.

Lorsque j'allais à Fleury-Mérogis, appelée à la suite du suicide d'un toxicomane qui, pris d'angoisse, s'était pendu, je ne cessais de me demander pourquoi la psychologie, la sociologie, toutes ces matières brassées et célébrées à l'extérieur, ne franchissaient pas les murs. Rien jamais n'entamera ma certitude que l'on ne peut séparer l'assistance éducative de la répression. Cela peut sembler une évidence, mais elle doit être répétée, tant le discours régresse. Les zones de délinquance augmentent, le nombre de juges des enfants baisse, la masse de travail est telle que toute action est vaine, un juge n'a parfois plus qu'un quart d'heure à consacrer à chaque dossier. La justice semble vouée à faire du chiffre.

Je me rappelle pourtant la brigade des mineurs à Évry. Elle sillonnait la ville, elle savait offrir un repas à un gamin de la rue, elle savait aussi sévir. Des adolescents en danger mais jamais passés à l'acte, ça existait, il s'en fallait de peu parfois, le geste, le mot juste, l'autorité au bon moment. Mais on ne quantifie pas ce travail-là, au ministère de l'Intérieur. On dissout la police de proximité soupçonnée de copinage avec la jeunesse. Nous avions aussi à nos côtés, en matière pénale, des éducateurs de permanence, ils faisaient une évaluation immédiate de la situation familiale. Nous nous sentions moins seuls. Je n'aurais pas voulu devoir me fier à mon instinct pour décider du sort d'un enfant que je ne connaissais pas une heure plus tôt. Je n'aurais pas voulu prendre ce risque, si répandu aujourd'hui.

Autour de nous, le béton de la banlieue en construction coulait à flot. Il étalait sa grisaille, se figeait en une masse énorme et brute, verticale ou horizontale, avalant l'enfance et ses nuances. Il n'y a dans ces endroits-là ni la mer, ni le vent, ni la montagne, ni les vieilles pierres et les secrets de la ville, rien qui offre des racines ou des appuis. La ligne de l'horizon est un plan de RER. Le lieu de ralliement, un centre commercial, puissant générateur de frustrations. Ces zones sont devenues un point de fixation politique et médiatique. Je ne les traverse plus. De loin, j'y vois un champ de ruines. Plus rien de nos laboratoires et de nos illusions.

Étions-nous de grands enfants qui cherchaient avec du sable à endiguer la marée ? Peut-être. Mais je creuse encore. Ailleurs.

J'ai reçu de ces années utopiques le don de la conviction, j'aime transmettre le désir d'agir. Parler est devenu une arme. Je ne prépare jamais un discours, je me contente de jeter quelques idées sur un bout de papier, car j'aime la force de la parole spontanée. Je sais qu'en tirant le fil de mes idées j'irai quelque part.

Les mots

Il y a cinq ans maintenant, j'ai rejoint les chemins de la diplomatie. Elle est telle qu'on s'attend à la trouver : une vieille dame pleine d'habitudes protocolaires, friande de demi-mots et vite effarouchée. Elle est assise sur de la braise, mais depuis si longtemps qu'elle semble n'en plus rien sentir. Elle impose ses usages, ses silences et ses caprices sémantiques. Au début j'étais partagée, je ressentais avec bonheur l'air et l'espace qui m'étaient offerts, mais je devinais qu'aux interdits d'un palais de justice se substituaient ceux d'un vaste magasin de porcelaine. Là non plus, on ne raffole pas des francs-tireurs.

Je revois l'ambassadrice de France en Norvège venue me saluer à la fin d'une conférence, et m'expliquer qu'elle était si heureuse enfin de me rencontrer. J'en profite pour lui demander ce qu'elle pense de la nomination au poste de procureur général de Paris de Laurent Lemesle, directeur de cabinet du garde des Sceaux, ancien conseiller à la Justice de Jacques Chirac. « Chut, Madame, je suis l'ambassadrice de

France », me dit-elle sans sourire. La même chose s'est produite, il y a quelques semaines en Zambie. Ce soir-là, à l'ambassade de Norvège, je faisais un petit discours sur l'étendue de la corruption, la spoliation de l'Afrique, les paradis fiscaux et l'incroyable tolérance dont bénéficie la criminalité économique. Je cite en exemple le cas du président du Sénat en France, Christian Poncelet. *Le Monde*[1] a révélé qu'il serait l'un des discrets fondateurs d'une banque de Floride, qu'il recevrait des nouvelles de ses performances financières par des courriers en provenance des îles Caïmans, paradis fiscal notoire, le quotidien soulignait aussi qu'il aurait payé d'importants travaux dans sa villa varoise par des dépôts en liquide sur le compte d'un promoteur… Pas de suite. Pas d'enquête de la part de la justice pour connaître la vérité. Pas de polémique. L'impunité, comme toujours, concluait mon discours. L'ambassadeur de France n'a pas applaudi, et s'en est allé sans dire au revoir.

En quelques années, j'ai inscrit à mon compteur des nuits interminables à soupeser des mots que tout le monde se dépêchera d'oublier après les avoir signés, quelques grimaces de chefs d'État ou de ministres la promesse au bord des lèvres, et, naturellement, quelques polies soirées d'ambassadeur à la nuit tombante, où les esprits comme les jolies robes se froissent rapidement. Mais j'apprends. Je me représente désormais la diplomatie comme une tranchée creusée à mi-chemin entre les discours et

1. Le 15 juillet 2005.

les actes. Il y a très loin de l'un à l'autre. Je me bats pour leur rapprochement. Des paroles vaines, je veux retenir les mots nouveaux, de la lenteur, je veux dessiner le mouvement, des vastes conférences accouchant de mous compromis, je veux connaître les plus brillants acteurs et m'en faire des alliés. Je veux croire que le monde n'est pas figé.

Mon premier marathon onusien, c'était à Vienne au mois d'août 2003, point d'orgue d'une longue négociation commencée un an plus tôt. Il faisait une chaleur torride à l'extérieur. Mais nous vivions ailleurs, habillés chaudement à cause de l'air conditionné de l'immense bâtiment où nous discutions jusque tard dans la nuit. Aux manettes, deux membres du secrétariat permanent de lutte contre la drogue, deux héros des négociations internationales, Jean-Paul Laborde, magistrat français, et Dimitri Vlassis d'origine grecque, bien souvent présent au sein du Network. Ils avaient le talent des fins limiers, ils connaissaient tous les rouages, tout l'éventail et les subtilités des positions de chaque état membre, ils avaient le doigté nécessaire au compromis. Depuis plusieurs mois, de session en session, ils avançaient vers la signature d'une convention internationale contre la corruption. J'avais, ce jour-là, la chance de parler pour la Norvège. C'est donc moi qui ai eu l'honneur de plaider en faveur d'une modification de la législation internationale et proposé que l'argent de la corruption lorsqu'il est confisqué ne soit plus propriété de l'État qui l'abritait mais restitué à son pays d'origine. J'étais fière de prononcer ces mots. La négociation fut intense, un long ballet nocturne, mais nous l'avons emportée. La convention fut signée à Mérida quatre mois plus tard. Fin du premier acte. La diplomatie en compte plusieurs.

Trois ans passent. Décembre 2006. Jordanie, au bord de la mer Morte. Conférence des États signataires. L'enjeu du débat était cette fois d'inventer les mécanismes d'application de la convention et aussi de pousser les pays à mettre leur législation en concordance avec elle. La Norvège avait une priorité, lier lutte pour le développement et lutte contre la corruption : tout pays qui veut une aide, pour développer son système de santé ou d'enseignement, doit se doter d'un arsenal juridique anticorruption. Certains, comme l'Égypte ou l'Inde, ont d'emblée manifesté leur hostilité et parlé d'une intolérable conditionnalité. Toute la lâcheté du monde était matérialisée, là sous nos yeux, on eût dit que même l'architecte des lieux était de mèche. Il faut savoir que dans l'amphithéâtre, où débattent les nations, on parle depuis sa place, marquée d'une plaque au nom du pays, et dans le micro fixé devant soi. On ne va pas à la tribune faire face aux autres. Celui qui s'exprime ne voit donc que des dos. Celui qui écoute aussi, et il n'a comme son que la voix monocorde de son interprète. Toute idée est totalement désincarnée, privée des envolées d'un discours.

Notre délégation était dirigée par Erik Solheim, ministre du Développement norvégien, mon autorité de tutelle, guère plus diplomatique que moi. Erik est un activiste, il incarne avec d'autres, en Norvège, l'aile gauche du gouvernement, c'est un tiers-mondiste convaincu, ancien secrétaire général des jeunesses socialistes. Il est grand aux yeux bleus, décontracté, il a la cinquantaine, ne vit qu'en bras de chemise et a besoin de secours pour nouer une cravate. Il est père moderne et paritaire de quatre enfants, et peut quitter une conférence internationale parce que son plus jeune fils est malade. À nous deux nous incarnons parfaitement le fameux naturel scandinave !

Ce matin-là, il devait parler. Nous voulions mieux pour lui que des rangées de dos sombres en guise de public. Mon ex-activiste de ministre a appris l'éloquence, et sait s'en servir. Nous avons demandé des écrans, ils étaient cassés. Nous nous sommes donc rabattus sur un micro portable, pour qu'il soit libre de ses mouvements. Depuis le deuxième rang, il s'est levé, s'est retourné, a annoncé que la Norvège financerait le séminaire de travail, chargé de réfléchir au combat parallèle de lutte contre la pauvreté et contre la corruption. Très vite nous avons senti l'hostilité. Commença alors le jeu des alliances, mais cette fois, comme toujours en politique, dans les couloirs. Ce fut la course contre la montre, avec échanges de petits papiers, apartés, et jeu subtil des traductions. Ce n'est pas mon métier, pas vraiment mon élément. Je me suis instinctivement rapprochée de la délégation française, parce que j'y avais reconnu Valery Turcey, magistrat en disponibilité. Il était le président de l'USM, Union syndicale des magistrats, à l'époque de l'instruction Elf.

La France et la Norvège se sont retrouvées côte à côte pour rappeler la portée réelle de l'article 16 de la Convention, qui stipule que tous les États membres doivent incriminer la corruption active et passive pour leurs fonctionnaires. Nous avons demandé que le système s'applique également aux fonctionnaires appartenant aux organisations internationales, pour qui seule la corruption active est obligatoirement criminalisée, la corruption passive étant laissée à l'appréciation des États. Ce qui permet à certains acteurs publics ou privés d'acheter les faveurs, ou le silence, d'un fonctionnaire de l'OTAN, de l'ONU, du FMI ou de la Banque mondiale, en toute impunité pour les fonctionnaires. La résistance était dure face au serrage de vis, elle tentait de faire croire à une levée pure et simple de l'immunité. Une ligne nord-sud se dessinait. Les États-Unis nous apportèrent leur renfort. Le Nord défendait la vertu, le Sud la souplesse. Les vieilles et riches démocraties ont l'avantage des bonnes manières en public. Je m'impatientais, tout n'était que faux-semblants, l'ONU planchait sur une convention contre la corruption, et préparait l'exception pour ses propres fonctionnaires. Je pris la parole, mais à ma manière, trop libre. Je déclarais que cette résistance à la criminalisation de la corruption passive était tout bonnement incroyable, et cachait, ici, nécessairement autre chose. Le président m'interrompit sèchement : « Arrêtez-vous madame ! »

La suite ne fut que concessions. Les débats débouchèrent sur un texte édenté fait de mots acceptables qui ne feront de mal à personne. Un groupe de travail fut mis en place et chargé d'entendre les responsables des organismes internationaux. Avec Valéry Turcey, nous avons engagé la procédure qui permet de faire une remarque après l'adoption du texte. Il reste de cette journée épuisante un sentiment fort d'impuissance et aussi une réserve écrite, où la France, la Norvège, les États-Unis regrettent que l'on n'ait pu distinguer criminalisation et immunité.

Ainsi vont les courants diplomatiques, changeants, hostiles et parfois favorables. L'audace est généralement punie d'un revers. La conquête menacée de tomber dans l'oubli. Moi, comme au surf, j'attends la prochaine vague. Le découragement n'est jamais loin. Je le recycle immédiatement en colère, je le partage avec d'autres qui le connaissent bien. Je ne lui laisse pas le temps de s'installer. Je sais qu'il mène à l'abandon.

Ce mot – abandon – me fait penser à une femme norvégienne. Elle s'appelle Merete Haugli. Elle était agent de change, photographe à ses heures, mariée à un riche armateur. De retour de vacances en Thaïlande, à 35 ans, elle fit un malaise, puis tomba dans le coma. Les mois se succédaient, elle ne se réveillait pas. Et puis, un jour, elle ouvrit les yeux, c'était un mois de février. Elle pesait 38 kilos. Très vite, elle demanda les cours de la bourse. Pour sa convalescence, on l'emmena loin dans le Nord, en montagne à Røros, dans le grand froid vivifiant, parmi ses chiens. Pour arriver jusque-là, il faut un scooter des neiges.

Posée au bout du monde, Merete se plongea dans une profonde réflexion. Elle annonça clairement son souhait de vivre plus simplement, et de se rendre utile. Rétablie, elle intégra la police, section crime économique. C'est là que je l'ai rencontrée, lorsque je suis revenue à Oslo. Elle découvrait les difficultés de la justice à rattraper les cols blancs. Elle gardait ses diamants aux oreilles, venait à Oslo aux manettes de son hors-bord, imposait le costume et des cours sur la bourse aux policiers. Elle classa très vite quelque 1 600 petits dossiers pour se concentrer sur les gros. C'était le geste de celle qui connaît la puissance des dollars de Wall Street et le flou de la loi des Bahamas, elle savait d'où venait le danger. Un fonctionnaire n'aurait, lui, jamais classé les affaires mineures, c'est avec elles qu'il espère faire du résultat. C'était une curieuse métamorphose que celle de Merete. Elle avait frôlé la mort, et revenir vers la vie supposait un voyage en sens inverse, de la bourse vers l'intérêt collectif. Quatre ans plus tard elle abandonna, faute de moyens d'action. Elle qui assumait sa richesse avec panache, disait souvent que le budget de la police dont elle disposait chaque mois pour lutter contre la délinquance économique à Oslo, payait à peine les frais domestiques de sa vie passée. Elle est redevenue femme d'affaires. Elle gère, avec rigueur, de grandes sociétés de bourse. Elle est drôle, pleine de vie, mais assez désabusée. Elle a conclu de tout cela que le combat était vain.

Il faut dire que la Norvège s'est trop longtemps crue exemplaire, elle refusait le scandale, elle n'était pas prête à chiffonner sa réputation, et ne voyait pas la nécessité de renforcer les moyens d'investigation. À mon retour, j'avais tiré le signal d'alarme, et tenté d'expliquer à mon pays, que son modèle social et sa culture égalitaire ne le mettaient pas à l'abri de la corruption, qu'il devait, lui aussi, regarder ses comptes et ses banques. Je parlais dans le vide. La Norvège voulait croire en sa pureté. J'ai quand même obtenu un plan d'action améliorant les moyens de lutte sur trois ans. Un par un, les scandales sont apparus : marché des lycées, retraitement des eaux ont fait couler beaucoup d'encre.

Cette année, la conférence annuelle des journalistes avait baptisé l'un de ses documents de travail : « Eva Joly avait raison, où étions-nous ? » J'ai apprécié l'hommage. C'est bon de s'entendre dire qu'on est utile. Si je n'ai jamais abandonné, c'est parce qu'à jouer avec les forces j'y cherche la mienne. Cette voie que j'ai prise fait sens dans ma vie, elle m'a permis de devenir une personne singulière, de prendre la parole et d'exister à travers cette parole.

Je la porte aussi loin que possible, même là où je risque l'incompréhension voire la manipulation. Ne pas discuter, c'est se priver de moyens d'agir sur le réel. Je sais maintenant qu'apprendre l'impuissance n'est pas s'y résigner.

Je me souviens d'une escale à Alger, où marcher sur le tapis rouge m'a paru une épreuve.

Ce jour-là, cette longue bande officielle semble décider de mes pas. Elle n'est pas là pour moi, le président de Palestine est annoncé pour le début de l'après-midi. Celui qui m'attend tout au bout, petit homme rond serré dans un costume sombre, n'est pas mécontent de me voir marcher ainsi jusqu'à lui. Abdel-aziz Bouteflika a ce petit sourire satisfait qu'on lui connaît sous la moustache grise. Je devine pourquoi : entre ces deux puissances pétrolières que sont l'Algérie et la Norvège, l'intermédiaire n'est autre que celle qui conduisit au prétoire Elf, c'est-à-dire la France.

J'ai été la première surprise par cette invitation. Au printemps de l'année 2005, j'ai reçu un coup de téléphone de l'ambassadeur d'Algérie à La Haye. Il m'invite à venir donner une conférence devant les magistrats d'Alger. Cette idée lui est venue après m'avoir entendue parler six mois plus tôt, à l'occasion de la remise du prix Nobel de la paix. Ce jour-là, pour illustrer les dégâts de la corruption dans les pays en voie de développement, j'ai pris un exemple, l'Algérie. « La corruption de son élite se lit dans son paysage », ai-je dit. Et voilà que l'élite algérienne m'invite sur son territoire. Avec l'autorisation de mon gouvernement, je décide de m'y rendre. Je parle le lundi devant l'école de la magistrature, le mardi devant les fonctionnaires et la presse, d'ici là j'ai rendez-vous au palais présidentiel.

C'est un dimanche, à 10 heures du matin. J'ai mis mon tailleur blanc jupe plissée, des chaussures noir et blanc à talons, pris mon sac à main, et aussi mon grand sac où je trimballe mes notes et mes problèmes. Ould Abbas, ministre des Affaires sociales, ancien médecin qui a fait ses études en RDA, est venu me chercher à l'hôtel. Nous roulons vers le palais présidentiel en voiture officielle, avec petit drapeau, motard à l'avant et voiture suiveuse à l'arrière. Quelques minutes plus tard, la voiture me dépose devant le tapis rouge. Le président Bouteflika m'attend tout au bout de l'angle droit, il me salue me fait signe de le suivre jusqu'à son bureau. Là, il m'indique deux fauteuils proches l'un de l'autre, posés devant une petite table basse.

Je comprends que ce rendez-vous n'a rien de formel. Il cherche à installer une connivence entre nous. Il me dit d'entrée : « Je sais que vous êtes une amie de l'Algérie. » Là-bas, qui a mis les intérêts français en difficulté est forcément un ami de l'Algérie. Il me félicite chaudement et longuement pour l'instruction du dossier Elf, en affirmant haut et fort que le ménage est nécessaire. Mais plus nous parlons de corruption, plus il m'assure que, chez lui, l'industrie pétrolière est un modèle de transparence.

Je ne suis plus juge. Mon rôle n'est pas de le contredire. J'ai appris lors de ces rencontres internationales qu'il ne faut pas jouer à l'expert, mais rentrer dans l'univers mental de l'autre, l'accompagner, l'entendre. C'est comme au poker, la table attrape, les mots créent la réalité. Quand Bouteflika me dit qu'il lutte contre la corruption, il faut le féliciter, et le prendre à ses propres mots. Je n'ai rien à gagner ni à perdre, je me sens tranquille.

L'horloge tourne. Notre temps paraît nettement moins limité que prévu. Il avance à coup de confidences. Lorsqu'il me dit : « Madame Joly qu'est-ce que je vais dire au président palestinien ? Doit-il accepter la dernière proposition de rétrocession des territoires ? », je panique un peu, je ne m'attendais pas à refaire avec lui la carte du Proche-Orient, je trouve incroyable cet aparté. J'articule quelques phrases générales sur la nécessité de ne pas rompre le dialogue de paix.

Il a besoin de s'épancher. À un moment, il s'approche, pose sa main sur moi et me dit : « Vous savez Eva, c'est terrible ce que vit mon pays. J'ai lu vos livres, j'entends ce que vous dites. Mais si j'exécute les islamistes, et si je fais arrêter les militaires, les tueries vont reprendre, j'ai peur de ne pas y arriver… Je voudrais faire une grande loi d'amnistie. »

Il sait, s'il m'a vraiment lue, que, pour moi, seule la vérité juridique guérit. L'amnistie est un couvercle posé sur un passé encore brûlant. Mais sa voix plaintive, et ses gestes appuyés, tentent de me faire partager son angoisse, et de rendre vains les mots qui me viennent spontanément à la bouche. Je ne sors donc pas mon disque habituel. Mais j'ai de quoi lui répondre. Une semaine avant ce voyage, j'ai participé à une rencontre entre la Norvège et l'Indonésie sur les droits de l'homme. La délégation indonésienne était composée de nombreux magistrats et journalistes. J'avais alors bâti un discours sur l'importance de juger le passé pour être crédible aujourd'hui dans la lutte contre la corruption, je m'étais appuyée sur la pensée du philosophe Derrida. Il a écrit sur le pardon. À Alger, son texte est encore dans mon sac, véritable mille-feuille. Le désordre a ses avantages.

Je dis à Bouteflika qu'une simple amnistie ne réglera rien, que dans les villages on continuera de vivre mal à frôler les assassins. J'ajoute qu'une amnistie dépend des mots qu'on choisit et des projets qui l'accompagnent. Je sors le texte de Derrida. Je ne sais s'il a fini un jour par le lire... j'aimerais qu'il en retienne certains passages, comme celui-là...

Si je dis, comme je le pense, que le pardon est fou, et qu'il doit rester une folie de l'impossible, ce n'est certainement pas pour l'exclure ou le disqualifier. Il est peut-être même la seule chose qui arrive, qui surprenne, comme une révolution, le cours ordinaire de l'histoire, de la politique et du droit. Car cela veut dire qu'il demeure hétérogène à l'ordre du politique ou du juridique tels qu'on les entend ordinairement. On ne pourra jamais, en ce sens ordinaire des mots, fonder une politique ou un droit sur le pardon.

Dans toutes les scènes géopolitiques dont nous parlions, on abuse donc le plus souvent du mot « pardon ». Car il s'agit toujours de négociations plus ou moins avouées, de transactions calculées, de conditions et, comme dirait Kant, d'impératifs hypothétiques. Ces tractations peuvent certes paraître honorables. Par exemple au nom de la « réconciliation nationale », expression à laquelle de Gaulle, Pompidou et Mitterrand ont tous les trois recouru au moment où ils ont cru devoir prendre la responsabilité d'effacer les dettes et les crimes du passé, sous l'Occupation ou pendant la guerre d'Algérie. En France les plus hauts responsables politiques ont régulièrement tenu le même langage : il faut procéder à la réconciliation par l'amnistie et reconstituer ainsi l'unité nationale[1].

1. Derrida, « Le siècle et le pardon ». *Le Monde des débats*. Décembre 1999.

Les heures passent. Le président algérien a manifestement du temps devant lui.

« Vous savez Eva, je n'ai pas eu d'ami scandinave depuis Olof Palme, pourquoi vous ne faites que regarder l'Algérie ? »

Sentant venir la fin de l'entretien et son obstination à faire de nous des amis, je lui parle des journalistes en détention et lui suggère de les libérer. Il feint la colère, m'assure qu'ils sont en prison pour des délits financiers, et non d'opinion. Je lui réponds que leur qualité de journaliste est prédominante. Il évacue le sujet, en promettant vaguement de regarder leur cas.

Lorsque nous nous séparons, quatre heures se sont écoulées. Je suis épuisée.

Quelques mois plus tard, Abdel-aziz Bouteflika a convoqué un référendum pour faire adopter un ensemble de mesures dont le but était de restaurer la paix civile en Algérie. Il a proposé de reconnaître le droit à des réparations pour les familles de disparus, d'accorder une forme d'amnistie pour les membres de groupes armés non coupables de massacres. Dans la foulée, il a mené campagne tambour battant, écartant du débat l'opposition et les familles des victimes ainsi que les associations des droits de l'homme. Les médias ont fait bloc autour du pouvoir. L'État a utilisé tous les moyens matériels y compris les fonds publics pour le seul bénéfice des partisans du président. Le même qui, sa main posée sur moi, m'exhortait à le comprendre.

Je ne suis pas surprise. Je me rappelle qu'en sortant du palais présidentiel nous avions sacrifié au rituel de la photographie côte à côte, la belle image imposée aux journaux du lendemain. Je savais que Bouteflika cherchait à se blanchir avec Eva Joly, mais j'en ai couru le risque, espérant c'est ma nature, que les mots laissent des traces, des taches de mensonge, sur les tapis rouges.

Les invulnérables

Au courrier, j'ai trouvé une lettre anonyme. Comme toutes celles que je reçois encore parfois, elle était agressive. Elle a sali ce moment béni où le café, le beurre salé de Bretagne et les confitures sont encore sur la table. Des années se sont écoulées, les scandales de la République se passent de moi, mais il se trouve encore quelque part quelqu'un pour m'écrire. Je l'imagine seul, vomissant le monde alentour et particulièrement ceux que la lumière choisit à 20 heures. Nous ne sommes plus qu'une même mêlée dans ses yeux embués de haine. Il a cherché et trouvé mon adresse. Il a mis bout à bout les désordres et les douleurs de ma vie. Je ne connais pas ses sources, juste ses obsessions. Je jette toujours ses lettres, mais jamais sans les avoir parcourues, comme s'il me fallait vérifier que le danger faiblit. Il y a entre les lignes un relent de cette menace qui pesait sur moi au plus fort des affaires, l'écho lointain mais jamais éteint de cette phrase que prononça un des plus hauts magistrats de France, aujourd'hui membre du Conseil constitutionnel : « Madame, je tiens de source incontestable que vous êtes entrée dans une zone d'extrême danger. Ne vous approchez pas des fenêtres… » Je n'oublie pas les années passées sous surveillance. C'est la lettre d'un fantôme. À chaque fois, je frissonne. Et puis au bout de quelques minutes, je ris. C'est nerveux. C'est ma façon d'expulser l'intrus.

Que faire de toute cette période, de ces années qui m'ont formée et déformée, qui m'ont donné et beaucoup pris ? Elles restent dans la mémoire publique, elles me valent des sympathies là où la France et son pétrole ont joué les conquérants, elles m'ont laissé une armure et de vrais amis, elles ont décidé de mon chemin. Mais elles encombrent mes souvenirs, elles y ont déposé le mensonge, l'impuissance, le non-dit, le regret… toute chose qu'on ne classe jamais définitivement, même si les dossiers furent juridiquement bouclés et menés à leur terme.

Revisiter ces années-là me fait l'effet d'un retour au pensionnat. L'infiniment grand a rétréci. L'imposante bâtisse de la justice, naguère si vaste, si méprisante et autoritaire pour qui comme moi n'était pas du sérail, me paraît soudain poussiéreuse, toute petite et sans armes face à la délinquance financière depuis longtemps mondialisée. Son parquet est vieux. Il craque. Son prestige se lézarde. Son protocole entretenu à coups de grades et de notes n'est que la devanture d'une institution soumise, qu'on somme aujourd'hui de condamner quand la jeunesse s'échauffe, mais qu'on somme de se taire quand elle ébranle les hautes sphères de la République. La banlieue brûle, c'est la faute aux juges trop laxistes.

L'élite vacille sous le poids des secrets et des arrangements révélés, mais pour qui se prennent ces juges qui sèment ainsi la pagaille ?

La magistrature à laquelle j'ai appartenu est devenue un corps faible, où il vaut mieux fuir les élévations et les honneurs, rester un juge des enfants, un substitut ou un juge d'instruction, si l'on veut tenter d'agir encore sur le réel. Je sais que derrière les murs de cette justice il y a des gens bien et déterminés, de vraies piles d'énergie, condamnés pourtant à un mouvement contradictoire : faire vivre et combattre l'institution. Je sais la pesanteur sur leurs épaules, les miennes n'ont pas oublié. Et je sens toujours sur moi le regard trop confiant des tout-puissants convoqués là. Rien ne pouvait leur arriver. Ils avaient gagné tant de batailles politiques ou financières, connu tant de retournements, ils étaient devenus si importants… Ils n'avaient pas tort avec leurs certitudes, car rares étaient alors les dossiers ayant abouti à des condamnations. L'affaire Elf fut l'une des rares menées jusqu'au bout. Mais combien ont purgé leur peine ? Combien ont payé leurs amendes ? Combien ont été redressés par les services fiscaux ? Le grand édredon des élites françaises a amorti les coups. La République sait distribuer les passe-droits, les coups de pouce et les aides fraternelles.

Avec le temps, mon souvenir a creusé la galerie des insoupçonnables, inaltérables, en un mot invulnérables, hommes ambitieux et pressés, faisant carrière en politique ou dans les affaires. Leur arrogance, leur façon de m'opposer leurs titres reposaient sur une foi absolue dans l'opacité du système. Leur certitude n'était d'ailleurs pas toujours fonction de leur grade. Quarante ans d'histoire des paradis fiscaux parlaient pour eux : jamais le Lichtenstein, le Luxembourg ou la Suisse n'avaient jusqu'alors collaboré avec la justice. Échappés de dossiers divers, ils avaient en commun le sentiment fort de l'impunité…

Il y a le poète, François Léotard qui entre dans son costume sombre, entouré de deux avocats. Nous sommes dans le bureau de Laurence Vichnievsky. Il doit répondre de plusieurs millions déposés en liquide au Luxembourg, en garantie d'un prêt officiel trouvé dans les comptes de son parti. Il prend son siège le retourne et nous offre son dos, nous ne voyons que la face vaguement confuse de ses défenseurs, ses épaules, sa nuque au poil ras. Il se tait, il a ouvert un livre de Saint-John Perse. Il sortira mis en examen. Il sera condamné à dix mois de prison avec sursis. Aujourd'hui il écrit des livres.

Il y a le comédien. Lorsque la brigade financière se présente chez lui rue des Saint-Pères pour une perquisition, Bernard Tapie saute sur une malle posée devant une fenêtre ouverte, il crie « les fascistes m'agressent », et refuse de s'habiller. Le chef de la brigade embêté, ne sachant pas s'il doit recourir aux menottes face à cette résistance, m'appelle. Je lui ai dit : « Même en caleçon vous me l'amenez. » Il veut le rapport de force, il l'a. Immédiatement après, j'appelle son avocat et lui demande de convaincre son client de laisser travailler la brigade. Bernard Tapie a fini par se calmer, il est arrivé dans mon bureau en ayant très peur que je l'incarcère. Il avait une forme de gentillesse et d'humour dont il fallait se méfier, mais il réfléchissait à trop court terme et finissait par jeter les cartes. Je n'ai jamais eu l'intention de le mettre en prison. Je l'ai simplement placé sous contrôle judiciaire. Il est réellement devenu comédien, mettant à profit son talent.

Il y a l'ancien combattant, ou plutôt son fils. Jean-François Pagès est alors directeur des affaires immobilières d'Elf. Sa tâche consiste surtout à s'occuper des propriétés de Loïk Le Floch-Prigent, son patron, et de celui d'Alfred Sirven, le gestionnaire de la caisse noire. Je pense qu'il en sait long. Il a un train de vie qu'il ne peut justifier, les seuls intérêts du prêt immobilier qu'il prétend avoir contracté pour sa maison dépassent son revenu disponible. À bout d'arguments, il finit par me dire : « Comprenez, Madame, j'ai eu un prêt extrêmement avantageux parce que mon père était dans le maquis avec un administrateur de la banque. » L'héroïsme de la Résistance est censé résonner en moi. Au bout de cinq ans, nous avons trouvé ses comptes suisses alimentés par la caisse noire d'Elf à hauteur de dix millions de francs.

Il y a le fils qui fait mentir sa vieille mère. Alors que nous l'interrogeons sur l'argent qui lui a permis d'acheter sa maison des Genettes, Loïk Le Floch-Prigent nous explique que sa mère lui a apporté de l'or pour une valeur de un million de francs. Qu'à cela ne tienne, j'envoie la brigade financière interroger la mère, veuve d'un médecin militaire. Elle raconte qu'elle a pris un train de Bretagne, acheté quelques lingots d'or à Paris et les a remis à son fils. Le policier lui demande alors comment elle a transporté les lingots. « Dans mon sac à main », répond-elle. Un million équivaut à l'époque à une quinzaine de kilos de lingots. Pauvre femme croulant sous le poids de l'or. Le fils évoque aussi son héritage. Il explique l'arrivée sur son compte d'une somme de 300 000 francs par la vente aux enchères d'un tapis, légué par son père. Son avocat vient même dans mon bureau et produit le bordereau de la vente. Je lui dis : « Ça sent le faux, vous êtes inconscient de me le déposer. » Il suffit alors de lire les mesures du tapis sur le document, de les comparer avec celles de la maison parentale, pour comprendre que le tapis n'entre dans aucune des pièces. La vente fictive a permis de découvrir une caisse noire. Le patron d'Elf a été condamné à cinq ans de prison. Mais il n'a pas purgé sa peine, en raison de sa santé. Il semble aller beaucoup mieux puisqu'il conseille actuellement le président du Congo-Brazzaville, Sassou N'Guesso[1], il fait comme tant « d'amis français » de l'Afrique qui émargent chez les dictateurs.

Il y a le médaillé, Alain Guillon, directeur d'exploitation chez Elf. Il arrive incroyable d'arrogance, avec sa Légion d'honneur à la boutonnière. Il veut tant qu'elle m'impressionne, que je ne voie plus qu'elle. J'ai immédiatement envie de savoir qui l'a décoré : c'est François Mitterrand. Puis, picotement du pressentiment, je demande au bureau de la Légion d'honneur les dossiers de tous les mis en examen décorés.

1. *La lettre du continent*, 21 décembre 2006.

Je dois, pour les obtenir, menacer leur bureau de perquisition. Je réalise ainsi que pendant les affaires les décorations continuent. Alain Guillon avait déclaré 375 000 francs de revenus annuels ; nous avions donc fixé une petite caution. Lorsque les policiers de la brigade financière se sont présentés chez lui, les choses sont allées très vite. Son fils leur a craché dessus. Un simple coup d'œil à son intérieur et à ses œuvres d'art a de toute façon suffit à établir l'évidence : cet homme a énormément d'argent. Il camoufle sa fortune *via* des trusts et des rideaux bancaires. Il nous a fallu près de cinq ans pour en dénouer les fils, mais nous l'avons prouvé. Il avait détourné 160 millions de francs, selon un schéma incroyablement sophistiqué. Un travail à plein temps.

Il y a le parjure, entré dans mon bureau avec une Bible, ce cadre de Elf a juré dessus ainsi que sur la tête de ses enfants qu'il n'avait jamais fait que servir la France. Tant de lamentations peuvent affaiblir la volonté d'aller plus loin, nous avons presque eu envie de le croire. Et puis nous avons trouvé 45 millions de francs sur ses comptes, entre autres dépôts.

Il en est un, puissant, qui est ressorti libre de mon bureau. Et je sais que l'on dit encore aujourd'hui que j'ai eu peur devant cet homme aux protections multiples. J'avais délivré un mandat d'amener contre lui qui tombait le jour de ses 70 ans, mon intention était de le mettre en détention. J'avais devant moi une caisse noire et un personnage important. André Tarallo, directeur des hydrocarbures chez Elf, ami de Jacques Chirac, est pourtant ressorti libre de mon bureau. Peut-être parce qu'il est le seul qui n'ait pas nié l'évidence. Ce jour-là, il est calme. Ses avocats aussi. Il reconnaît, il explique, il plaide. À l'entendre, il gère des fonds appartenant à Omar Bongo pour financer une compagnie d'aviation et acheter des biens immobiliers. Il ajoute qu'il part le lendemain avec Philippe Jaffré, président d'Elf, pour l'Afrique, et que ce serait catastrophique pour l'entreprise qu'il ne soit pas là. Puis je décide, seule, contre l'avis du parquet, de faire confiance à Tarallo. Il est de tous ceux que j'ai eus en face de moi le seul qui ait reconnu l'évidence. L'enquête est allée à son terme. En 2003, André Tarallo a été condamné à quatre ans de prison ferme et deux millions d'euros d'amende, écroué immédiatement. Deux mois après, il sortait pour raisons médicales. En mars 2005, en appel, sa peine fut alourdie, il fut condamné pour détournements de fonds publics à sept ans de prison et à deux millions d'euros d'amende. Sa santé lui a évité la prison, mais bizarrement aussi, l'amende. Elle n'a pas été acquittée. D'après la presse, le fisc ne l'aurait pas réclamée, et la confiscation de ses biens acquis grâce à la corruption n'a pas été demandée.

Il y a Roland Dumas, le plus célèbre d'entre eux. Au début de l'affaire, lorsqu'il arrive au palais, il tente de désarçonner par la futilité, il élude de manière badine. En perruque et redingote, il n'aurait pas fait une autre impression. Il est le plus mondain des hommes. Le 17 janvier 1998, lorsque nous nous sommes présentés chez lui à 7 heures du matin quai Bourbon, pour une perquisition, il se montre calme et frais dans sa robe de chambre. Tout est beau, rien n'est clinquant. Roland Dumas nous raconte qu'il a même fait remesurer la fenêtre pour s'assurer qu'il s'agit bien là de l'ancien atelier du sculpteur Camille Claudel. C'est probablement la seule vérité qu'il nous ait dite, ce jour-là.

Nous tenons alors un tableau des événements au jour le jour pour valider notre hypothèse de travail, qui est fort simple : Elf, ne pouvant pas payer le ministre, paie sa maîtresse. L'un des comptes en Suisse de Christine Deviers-Joncour s'appelle Oror, verlan de Roro, petit nom de Roland Dumas dans l'intimité. À chaque date où Christine Deviers-Joncour retire de l'argent en Suisse, nous consultons l'agenda de Roland Dumas. Est-il à Genève le jour où elle sort 10 millions ? Il est allé à l'Opéra, a pris le train avec son chien. « Je vous enverrai la photo du chien, Madame le juge… » Ainsi parle-t-il, de moins en moins calme. Il a été condamné à six mois ferme. Puis relaxé en appel.

Je suis dans un restaurant d'Oslo quand j'apprends la nouvelle. « Blâmable mais pas pénalement responsable » argumente l'arrêt de la cour d'appel. Tout est dit des circonvolutions de la justice. Son dossier raconte circulation d'argent liquide, appartement, statuettes, avantages en nature, « recommandations » comme il disait de ses interventions ministérielles dans les nominations internes à Elf. Roland Dumas ne jouissait pas simplement du système, mais il savait en jouer avec maîtrise. La justice l'a blanchi. Le fisc a été conciliant. Nous lui avions pourtant transmis des pièces signalant dix millions de francs passés sur ses comptes en espèces. Roland Dumas nous avait expliqué que cet argent provenait d'honoraires d'avocat non déclarés aux impôts. Le fisc est autorisé à redresser sur dix ans lorsque les faits sont découverts à l'occasion d'une affaire judiciaire (art. L169, 170, 186 du Livre des procédures fiscales). Roland Dumas a cependant été redressé a minima, seulement sur les dernières années, profitant, toujours chanceux, d'une circulaire opportune.

Il n'a subi qu'une condamnation : l'année dernière, la cour d'appel décida d'une peine de douze mois de prison avec sursis dans l'affaire de la succession du sculpteur Giacometti[1]. Avocat de la veuve, puis exécuteur testamentaire, il a permis au commissaire-priseur Jacques Tajan de garder une partie des 6,5 millions d'euros de la vente organisée pour régler les frais de succession. Il avait perçu de la part de Tajan 2,5 millions de francs. Pour avoir lancé ce dossier au début de mon enquête, je savais à quoi m'en tenir. Tout le monde sait quel homme il est, mais on hausse les épaules et on s'incline devant le raffinement de ce manipulateur. Machiavel est donc un prince.

Des femmes m'ont menée à Roland Dumas. Elles ne sont pas dans la galerie des invulnérables. Je les installe ailleurs : elles sont des épouses, des maîtresses, des courtisanes, des complices, des messa-

1. Roland Dumas a formé un pourvoi en cassation contre cette décision.

gères… Elles m'ont aidée volontairement ou pas, plus fragiles finalement dans ce genre d'épreuve. Les femmes et les hommes ont des quartiers distincts dans les palais et les prisons, dans cette affaire aussi. Je ne dis pas qu'il est des maladies sexuées ; l'appât du gain est une chose bien partagée. Mais à ce niveau de la République, l'abus de pouvoir était aussi masculin que le pouvoir lui-même. Prenez Colette, nom du compte en Suisse d'André Tarallo, et aussi prénom de son épouse : lorsque le couple regagnait sa villa corse de milliardaire, Colette équeutait les haricots verts dans l'avion affrété par Elf.

Il y a bien sûr Christine Deviers-Joncour, autoproclamée « putain de la République ». Le patron de la DST nous dit : « J'ai prévenu Roland Dumas : attention tout Paris bruisse, on dit que ta maîtresse a un appartement payé par Elf. » Deviers-Joncour mène à Dumas. Elle se fait un plaisir de l'habiller et de le conseiller. Nous épluchons son relevé de carte bleue professionnelle. Les grands magasins y apparaissent régulièrement, mais sans que jamais soit précisé si les achats sont pour elle ou pour lui. Quand j'ai vu Berlutti, chaussures sur mesure, j'ai suivi mon instinct ; je sais que les femmes préféreront toujours empiler les paires dans un placard, plutôt que de se ruiner pour du sur-mesure ; je décide donc d'une perquisition chez Berlutti. Là, nous trouvons la fiche du pied de Roland Dumas, et le règlement effectué par la carte bleue Elf. Ce n'est encore qu'un détail peut-être, mais une forte présomption d'abus de biens sociaux. J'ai eu très peur d'être ridiculisée sur cette histoire. En fait, elle est restée et a frappé l'opinion.

Des années plus tard, je n'étais plus magistrate, je revenais de Paris pour fêter Noël à Oslo par un vol *low-cost,* j'ai dû m'asseoir dans un bus bondé à côté de Mme Deviers-Joncour. Nous avions toutes deux des bagages, et des sacs pleins de cadeaux, le trajet de l'aéroport de Paris jusqu'à Beauvais me parut interminable. Elle m'entreprit, réécrivant une nouvelle fois l'histoire. Je l'écoutais vaguement, pressée d'arriver, amusée par nos paquets respectifs, penchants féminins qui m'avaient naguère permis de la confondre.

Nahed Ojjeh est venue un soir assez tard dans mon bureau. Elle est la veuve d'Akram Ojjeh, richissime marchand d'armes, et aussi la fille de Mustafa Tlass, puissant de Syrie. À Paris, elle est une femme influente, riche mécène qui tient table ouverte pour les plus gradés des finances de la politique et des médias. Elle a partagé la vie d'écrivains et d'un directeur de journal. On se presse chez elle, 46 ans, riche, cultivée et vive, qui fut, pour certains, « la plus belle femme du Moyen-Orient ». Je l'ai d'abord regardée comme une femme en regarde une autre, elle n'est qu'élégance et raffinement. Avec son pull noir ras du cou, elle à l'air d'une étudiante des beaux quartiers. Elle connaît très bien Roland Dumas. Elle semble soulagée d'être là. Elle vient me parler du scanner de l'hôpital de Sarlat. Il y a un mystère sur le financement de cet équipement médical, dans la ville dirigée par l'ex-mari de Christine Deviers-Joncour, au cœur de la circonscription de Roland Dumas. Et nous cherchons la destination des 10 millions de francs retirés sur un des comptes de Christine Deviers-Joncour à Genève. Une lettre anonyme nous avait indiqué que le scanner avait été financé par Elf. Nahed Ojjeh raconte que Roland Dumas lui a demandé de faire une attestation selon laquelle sa fondation a payé le scanner. Il ne voulait pas qu'elle paie, juste le faux document. Elle me raconte aussi une histoire de mosaïques datant du ve siècle que Roland Dumas avait repérées chez elle alors qu'elles venaient d'être livrées. Il les trouvait fort belles. À cette époque-là, il insistait beaucoup pour être l'avocat de la succession de son mari, doté d'une fortune colossale, mais elle refusait, disant qu'elle ne voyait pas comment, étant ministre, il pouvait être son avocat. En revanche, elle proposa de lui offrir l'une des mosaïques. Le lendemain, une voiture du Quai d'Orsay vint chez elle pour les récupérer toutes, elle s'étonna et protesta, appela Roland Dumas, qui répondit que c'était pour une exposition au ministère. Selon elle, les mosaïques finirent chez lui.

Fatima Belaïd, ex-femme de Loïk Le Floch-Prigent, disait toujours « les gens d'Elf ». Elle les craignait, elle redoutait qu'ils s'en prennent à elle, à son fils, pensant qu'elle en savait trop. Sa crainte était à la hauteur de la pression qu'elle exerçait sur eux pour le règlement de son divorce. Cette femme simple avait joué les femmes d'affaires, elle avait marché main dans la main avec le PDG d'Elf très épris, elle avait donc entendu beaucoup de choses, qu'elle n'avait pas forcément la capacité de comprendre. Je me revois perquisitionner chez elle avec les policiers. Nous nous répartissons les pièces et les meubles, comme d'habitude. On finit toujours par trouver quelque chose, les gens veulent jouir de leur argent, il n'est jamais loin. Nous avons trouvé 30 000 francs en liquide dans le tiroir d'une commode, puis la facture d'un déménagement à Londres glissée dans une boîte à chaussures de la penderie. Cette facture nous mènera sur la piste de l'appartement puis, après une longue enquête, à la principale caisse noire d'Elf. L'instruction prouvera qu'elle a perçu 31 millions de francs d'Elf après son divorce, en échange de son silence. Elle a été condamnée à trois ans de prison, dont deux avec sursis, et à un million d'euros d'amende. Rien ne la destinait à devenir le centre d'un vaste scandale politico-financier.

Anne-Rose Thiam m'a écrit de sa prison. « Je suis une escroc, mais Le Floch est un escroc bien plus grand. » Elle avait été condamnée pour escroquerie dans une autre affaire. Lorsqu'elle vit que le scandale autour d'Elf enflait, et que Le Floch était inquiété, elle eut soudain envie de donner un coup de main aux juges. Je la fais venir. C'est une femme noire immense et sublime à la silhouette de Grace Jones. Selon elle, Le Floch l'a reçue dans son bureau de la tour Elf, a ouvert le coffre derrière lui, lui a remis 150 000 francs en liquide. Elle a très vite dépensé l'argent, mais gardé le petit mot envoyé par Le Floch :

« Ma chérie, qu'as-tu fait des quinze plaques ? » Je me fais donc communiquer son dossier, et en extrais les pièces intéressantes, dont le petit mot signé Le Floch. Les avocats de Le Floch protestent : « Vous n'allez tout de même pas vous intéresser à ces détails. » Bien sûr que si, je m'y suis intéressée. Je me moque de cette petite histoire, je ne suis pas gardienne des mœurs. Je cherchais tous les circuits d'argent liquide, autant de faisceaux de présomption vers la corruption.

Si je n'oublie pas ceux dont je viens de parler, leur morgue, leurs mensonges, leurs titres ou leurs lignées, c'est parce que c'est là, face à eux, que mon imaginaire norvégien, fondé sur l'abolition des déterminismes sociaux, a définitivement rendu l'âme. Mon arrivée en France avait déjà sérieusement écorné l'idéal. Mon premier emploi de fille au pair, je l'ai décroché dans une famille du boulevard Henri-Martin. Je promenais des enfants en manteau de laine bleue avec un col de velours, ils n'avaient pas le droit de jouer, leur mère détestait qu'ils se tachent. Chez ces gens-là, j'ai survécu grâce à l'amitié de Pépita, l'employée de maison espagnole, 1,50 mètre et des petits yeux noirs. Elle était un peu ronde sous son tablier, elle portait des espadrilles, elle fredonnait des chants mauresques, et ne dépensait rien de sa maigre paie qu'elle envoyait à sa famille. Elle avait une ferme en Espagne et voulait acheter un camion. Nous nous retrouvions parfois le dimanche, jour de notre congé, et nous nous nourrissions de tout ce que Pépita avait dérobé en cuisine. Je n'ai jamais mangé à la table de cette famille qui me confiait ses enfants. Même le jour où, trop gentille, je leur proposai un repas norvégien et cuisinai pour eux des filets de sole aux crevettes, je n'ai eu droit qu'à partager leur dessert. Ainsi ai-je rapidement découvert le découpage dans la tête des gens. Plus rien ne l'a démenti par la suite.

Le Palais de Justice se situe au paroxysme d'une telle société. On a dit de moi dans les couloirs que j'étais la bonne qui se prenait pour une bourgeoise, c'était une façon bien française de tirer le portrait. Lorsque je suis arrivée en France, je ne me sentais ni bonne ni fille d'artisan, je venais d'un pays où les écoles et les hôpitaux privés n'existaient pas, au nom de l'égalité, où les enfants du Premier ministre habitaient la même cage d'escalier que mes copines. Chez moi, il y avait des pauvres et des riches, mais sans le bruit des écrous qui vous enferment là où vous êtes nés. Nous avions un mot pour ouvrir les barrières, le *klassereise,* qui veut dire « voyage social ». Il n'avait rien de magique et en laissa plus d'un sur le carreau, mais il lustrait nos envies de départ. Et moi fille au pair, je me sentais avant tout voyageuse, je faisais des études à l'université française pour laquelle tout étranger a un profond respect, je me sentais belle depuis Miss Norway, je peux même avouer avec le recul que je ne me prenais pas pour rien. Mais les beaux quartiers de Paris ne voulait savoir qu'une chose : que font vos parents ?

Des dizaines d'années plus tard, ces messieurs faits chevaliers de la Légion d'honneur semblaient toujours dire la même chose : mais qui êtes-vous, simple magistrat, pour nous traiter de la sorte ? Face à des hommes diffusant leur toute-puissance, nous préparions extrêmement bien les interrogatoires, nous savions que la charge de la preuve nous incombait, et qu'il fallait être astucieux. Là encore, le *klassereise* devint utile. J'avais un rapport à la réalité bien plus solide qu'eux, j'avais peiné plus qu'eux, j'avais refait ma maison, je connaissais le prix des choses. Norvégienne pendant vingt ans, je n'avais pas cette relation si française à l'argent, qui répugne à aborder le sujet : y penser toujours, en parler jamais. Je n'ai jamais hésité à montrer ma fiche de paie. L'argent est un fait, une donnée aussi simple que la température qu'il fait ou la faim qui nous prend. Quand une enquête de police établit que les citernes d'Elf viennent remplir gracieusement les cuves du château de M. Le Floch, c'est un détail oui, mais c'est le point d'accroche, le moment où s'inverse la charge de la preuve. La vie m'a appris les détails. Ce sont eux qui m'ont permis de trouver « le point aveugle », cet endroit invisible pour les puissants tant il est subalterne, laissé aux domestiques. L'entretien du jardin, l'approvisionnement de la maison, le règlement des chaussures, la vente d'un tapis… sont négligés par les invulnérables qui n'oublient pas d'en jouir. L'argent après tout ne sert à rien dans une banque luxembourgeoise. Il glisse dans leurs vies. Et leurs maisons parlent, depuis si longtemps. Le luxe n'est que la forme privatisée du faste.

L'affaire Elf resurgit dans ma vie comme un rhizome. Le 17 janvier 2007, je suis retournée au Palais. La cour d'appel devait à nouveau statuer sur une plainte que j'avais déposée contre Pierre Péan et Philippe Cohen. Les deux « enquêteurs », dans *La Face cachée du Monde*, ont écrit que j'étais un « honorable correspondant » du quotidien du soir. Après une première condamnation, suivie d'une cassation, l'affaire revenait devant la cour d'appel. Les années avaient passé. Mais rien n'avait changé. Avant l'audience, les avocats de mes adversaires, deux ténors du barreau et des droits de l'homme comme il se doit, ne m'ont pas saluée. Sans preuve, mais avec obstination, ils ont bombardé la Cour d'insinuations, de bons mots et de charges « hénaurmes ». L'un des avocats de Pierre Péan a eu ce mot, glaçant : « L'attitude de Mme Joly est pestilentielle. »

Je vis si loin désormais de leur monde, que je me sentais à l'abri en arrivant à l'audience ce jour-là. Et pourtant leur mépris m'a blessée. Malgré ma liberté retrouvée, leur fougue oratoire, nourrie aux belles-lettres françaises, était parvenue à m'atteindre et à me diminuer. Je me sentais sale de leur mépris.

J'ai quitté la salle avant la fin. Ahurie, abattue. J'avais rendez-vous avec Laurence Vichnievsky. Elle entame sa sixième année à Chartres, l'immobilisme est désormais le prix de son audace passée. Elle m'a raconté les derniers vœux du barreau, les discours, celui du deuxième secrétaire était un vibrant hommage à Roland Dumas, que tout le monde a chaleureusement applaudi, y compris les magistrats. Ça c'est Paris, qui n'a rien à envier à l'Italie de Berlusconi.

Nous étions là toutes les deux, Laurence et moi, dans un petit café aux abords du palais à la nuit tombante, amies liées pour toujours, moi « pestilentielle », elle en quarantaine à Chartres. Jadis, lorsque nous nous présentions toutes deux pour une perquisition, elle expliquait avec prestance notre présence tandis que je mettais très légalement le pied dans la porte. Elle était ma diplomate. J'étais sa tête brûlée. Il lui arrivait de dire, après une journée difficile : « C'est *no way* pour les femmes. » *No way* c'était son expression. Elle ajoutait aussi parfois : « C'est *no way* pour la justice. »

Post-scriptum

Afin de vérifier un détail de ce chapitre, j'ai appelé début avril un haut fonctionnaire que j'avais croisé durant l'enquête Elf. Nous avons échangé quelques mots de politesse et pris un rendez-vous lors de mon prochain passage à Paris. J'étais en Bretagne pour finir ce récit, lorsque j'ai reçu un appel d'une cabine sur mon portable norvégien. Mon interlocuteur me rappelait pour me raconter la mésaventure suivante. Quelques minutes après avoir raccroché, son téléphone a sonné. À sa grande surprise, au bout du fil, après un silence, il a entendu la fin de notre échange, qui avait été enregistré. « On » l'avertissait ainsi qu'il valait mieux ne pas me revoir. Le message était clair : le dossier Elf est encore sous surveillance ; ma ligne téléphonique, en France, est sur écoutes ; et « on » veille toujours sur l'impunité.

Justice pour l'Afrique !

Suis-je en train de devenir l'un de ces missionnaires norvégiens parcourant l'Afrique ? Parfois je me le demande.

Lorsque j'ai instruit l'affaire Elf, je n'avais jamais mis le pied en Afrique. C'est en accompagnant l'ONG, Plan International, que j'ai découvert pour la première fois un bout de cette terre immense, avec ses peuples si nombreux et différents les uns des autres que j'hésite à utiliser le mot traître d'Afrique. Il y a des centaines d'Afrique. Depuis cinq ans, mes nouvelles fonctions m'ont conduite au Kenya, en Zambie, en Afrique du Sud, à Madagascar, en Algérie, au Nigeria, en Angola, en Tanzanie. L'urgence de ces peuples s'inscrit en moi. Chaque fois que je reviens sur ce continent, il m'est un peu plus familier, et me presse d'agir. Je n'y ai rencontré aucune fatalité, mais un énorme et vieux mensonge. Ce que les pays riches accordent d'une main hésitante, les grandes entreprises, les banques, les intermédiaires, les experts et les fonctionnaires internationaux le reprennent de l'autre, beaucoup plus fermement.

Pour un euro donné, les pays étrangers en retirent deux de la terre africaine.

Aussi je me réjouis chaque jour depuis cinq ans d'être mandatée par le gouvernement norvégien en Afrique. Il ne nous est pas demandé de la parcourir du nord au sud pour y faire fructifier les intérêts des compagnies pétrolières norvégiennes, ni de défendre les restes d'un empire colonial. Là où nos entreprises géantes comme Statoil ou Norsk Hydro dégagent des milliards de marge, les Norvégiens ne supporteraient pas qu'il n'y ait pas de développement. Et là où elles sont absentes, dans ces zones pauvres qui n'intéressent plus aucun pays donateur, nous devons être aussi. La Norvège parle développement, démocratie, transparence. Ils ne vont pas l'un sans l'autre, et ce ne sont pas des mots. Tant que la corruption domine, assise sur des régimes vassalisés, des milliards de dollars continueront de fuir l'Afrique. Et l'on pourra toujours vacciner, alphabétiser, creuser des puits, à tour de bras, la situation ne changera pas.

Nous finançons donc des réformes structurelles qui touchent au fonctionnement des institutions : en Tanzanie, c'est actuellement le recensement des propriétés des pauvres, tant qu'elles ne le sont pas, il leur est interdit d'emprunter. En Angola, nous finançons des ONG qui œuvrent pour la transparence et la surveillance des élections. Il faut enterrer ce miracle politique, rodé en maints pays d'Afrique, qui multiplie à volonté les électeurs et les votants, transforme une minorité en majorité, une défaite en victoire. Au Nigeria, nous allons aider techniquement le pays à mesurer précisément sa production pétrolière, nous le faisons sur le site de forage et non au chargement des bateaux, là où toutes les fuites et toutes les combines sont possibles. Mesurer sa production, c'est mesurer sa fortune.

J'ai dessiné pour chaque pays un tableau de son histoire. J'y ai mis des chiffres, le nom de l'ex-occupant colonial, celui de la multinationale qui a pris le relais et exploite les sols, les accords de défense. J'accompagne la mise en place par la Norvège des structures de lutte contre le blanchiment. Notre message dans toutes les instances internationales est de dire qu'il n'y a pas de lutte contre la pauvreté sans lutte contre la corruption. Nous ne sommes pas une ambulance humanitaire de plus, la Norvège veut rendre à l'Afrique ce qui lui appartient.

Voilà ma feuille de route.

Je fais parfois des détours, et je m'attarde quand je butte sur l'insupportable. Je n'étais pas venue à Madagascar, pays que nous aidons beaucoup, pour parler de son système pénitentiaire. Mais nous sommes entrés dans la prison d'Antananarivo, la capitale. Une vaste cour, sans arbres et sans ombre. Sur le sol de terre battue, des cercles où les employés de la prison déposent la nourriture, essentiellement du manioc cru, 250 grammes par personne par jour. Trois mille détenus pour trois gardiens, nous apprend le directeur. Au fond donnant sur la cour, des salles de vingt-cinq mètres de long et trois mètres de large. Aux murs, des rayonnages sur trois niveaux, les détenus dorment là, sur le bois, sans matelas. Je revois en un éclair la photo d'un block de Buchenwald. « Ils sont deux au mètre carré. Il y a dix ans, il en mourait tous les jours », poursuit le directeur. Il ne semble craindre ni l'évasion ni l'émeute. « Les murs sont si vieux que si on pousse, ils tombent », nous dit-il. Les détenus sont calmes, écrasés de soleil et de renoncement. Le directeur égrène encore quelques chiffres. Il dispose de huit centimes d'euro par détenu et par jour. Il y a un médecin, mais pas d'argent pour les médicaments qu'il prescrit.

Elles sont trente dans le quartier des femmes. Dans un recoin, quelques matelas réservés à celles qui sont enceintes. Celles-là, explique le directeur, vont accoucher à l'hôpital, et reviennent ensuite avec leur enfant qui vit ses cinq premières années, avec une mère emprisonnée et le plus souvent pas encore jugée. « Quand avez-vous vu le juge pour la dernière fois ? » demande-t-on à une détenue. « Il y a trois ou quatre ans », répond-elle. Toutes attendent. Rien ne se passe. Si ce n'est les enfants qui grandissent. Ils sont une centaine dans le quartier des adolescents. L'odeur est irrespirable. Nous apercevons un unique robinet avec un tuyau au bout. Un simple trou permet de faire ses besoins. La discipline veut qu'ils se mettent en rang pour avancer.

Je sors de là, hébétée. La veille j'ai rencontré le président malgache, Marc Ravalomanana, dans le palais Kim Il Sung II. Je l'ai même félicité sur le sens de certaines réformes, mais nous n'avons pas parlé des prisons, et j'enrage. Nous sommes à Madagascar pour évaluer l'impact de l'aide norvégienne, et mettre en place la cellule antiblanchiment. J'ai à ma disposition plus que des mots, de l'argent. Je dois peser sur l'intolérable. D'autant que dans ce pays qui sort de vingt ans de quasi-dictature il suffit de quelques instructions pour que le système juridique s'incline. Les magistrats ne conçoivent pas de résister à l'autorité politique. Patrice de Charrette, responsable de la mission d'appui à l'État de droit envoyé par l'Union européenne, a fait la liste nominative des personnes en détention provisoire depuis plus de dix ans, il me la donne, et précise qu'une fois devant le juge le taux d'acquittement est de soixante-dix pour cent. Sur la liste, je trouve ainsi le voleur d'un bœuf, placé en détention provisoire depuis dix-neuf ans. Un magistrat l'emploie chez lui comme homme à tout faire et le soir il rentre dormir sur sa paillasse de bois. Je demande à Patrice de me fournir une liste des détenus par infraction. Nous constatons qu'ils sont trois mille dans toutes les prisons du pays, à être détenus pour vol. Il faut suggérer au gouvernement une amnistie pour ce délit.

Le soir même, il y a réception à l'ambassade de Norvège. Le ministre de la Justice de Madagascar est là. Je lui propose mon plan, j'énumère les infractions qui pourraient être amnistiées. On me rétorque qu'il faut faire avec les croyances et les coutumes locales, qu'un vol de bœuf peut avoir une signification très lourde, notamment dans les Hautes Terres.

Le lendemain, le président donne un dîner en l'honneur de Kofi Annan, secrétaire général de l'ONU. L'ambassadeur de Norvège s'est arrangé pour que je sois invitée. Me voilà bien placée. Je suis tout près de la table du président Ravalomanana, assise à la droite de Paul Vergès, frère de l'avocat, et figure politique de l'île de La Réunion. Lorsque le dîner s'achève, Marc Ravalomanana me tire par le bras et veut me présenter à Kofi Annan et son épouse. Elle est suédoise. Immédiatement nous parlons en norvégien, je profite de cette connivence nordique sous les tropiques pour lui parler de ma visite à la prison, de la violation des droits de l'homme qui y est perpétrée et lui dis qu'il faut que j'en parle à son mari.

Le lendemain matin, j'ai de nouveau rendez-vous avec le président. Après deux heures d'attente, il nous reçoit enfin.

– Qu'avez-vous à me dire ?

– Vous me permettez de vous parler franchement ?

– Allez-y.

– Marc, il y a un problème énorme dans vos prisons. Si vous êtes un grand président, il faut vous en occuper maintenant. Pour l'heure, vous pouvez encore parler d'un héritage laissé par la colonisation, puis par la dictature de votre prédécesseur, mais à compter d'aujourd'hui c'est votre problème !

Le président est un self-made-man. Jeune homme, il faisait la tournée des producteurs de lait à vélo à Antsirabe, la deuxième ville du pays, avant de monter une coopérative, puis un conglomérat à la mode malgache. Il est instinctif et pragmatique. Il me laisse lui faire quelques suggestions, puis me demande d'écrire, là, devant lui, le brouillon d'une loi d'amnistie. Je m'exécute sur un coin de table et j'aligne les crimes et délits pouvant être concernés par l'amnistie, vol, adultère… Il me coupe dans mon élan en disant : « Eva, une vaste amnistie, je ne peux pas, elle serait étendue à mes adversaires politiques, et je ne veux pas qu'ils sortent avant les élections… » Je ne réagis pas, j'ajuste quelques mots, il est déjà en train d'appeler le ministre de la Justice et réclame une conférence de presse. La scène aura duré trois quarts d'heure. Nous convenons de nous revoir le surlendemain. À la sortie, la caméra de la chaîne de télévision liée au pouvoir est déjà là qui m'interroge. Je déclare que nous avons abordé la question grave du respect des droits de l'homme et de la condition pénitentiaire. J'ajoute que le président a promis de se conformer aux normes internationales. Il veut se servir de moi, et moi de lui.

Je pars comme prévu dans l'Est du pays, j'atterris dans un hôtel à l'architecture très stalinienne baptisé « La Piscine ». Le lendemain matin, je me réveille, avec une vue sublime sur la mer, je me sens utile et heureuse de vivre. Mon portable sonne. C'est le secrétariat de Kofi Annan, qui veut que l'on se rencontre le soir même à six heures. J'explique que c'est impossible, que je suis à neuf cents kilomètres de là, et que c'est avec grand plaisir que je viendrai m'entretenir avec lui prochainement à New York. Mais l'ambassadeur de Norvège me fait comprendre que je ne peux décliner ce rendez-vous, qu'il y a là une grande chance de faire avancer très vite le projet d'amnistie. Bref, nous décidons de repartir pour la capitale. J'ai une journée pour écrire le projet de texte d'une déclaration : il n'est plus question d'une amnistie, mais du droit de grâce présidentiel.

« Je… Marc Ravalomanana, ai résolu d'accorder quatre mois d'amnistie à tous les condamnés dont la peine est définitive. Je demande au ministre de la Justice, de donner instructions aux parquets de requérir la libération de ceux qui sont détenus pour vol depuis plus de deux ans, et d'obtenir le jugement avant la fin 2006 des personnes en détention provisoire pour faits graves depuis plus de deux ans… » J'écris le texte en français avec mon clavier norvégien, le résultat est plein de fautes. J'ajoute que le président exerce son droit de grâce à l'occasion de la visite du secrétaire général de l'ONU. Nous imprimons le texte à l'arrivée, dans le bureau du directeur de l'aéroport. J'ai encore mes bigoudis et un foulard sur la tête, je les retire vite fait dans les toilettes, je n'ai pas le temps de repasser à l'hôtel.

Lorsque j'arrive à la résidence présidentielle, Marc Ravalomanana est seul. Kofi Annan n'est pas là. L'ONU n'a pas voulu que son secrétaire général soit mêlé à une affaire interne. Je suis terriblement déçue. Le président semble pressé, il regarde le texte, me dit qu'il ne peut rien faire à l'occasion de la visite d'Annan, mais promet que ce sera fait le 29 mars, jour de la fête nationale. Je repars le lendemain, incertaine de l'issue. Jacques Chirac aimait à dire que les promesses n'engagent que ceux qui les reçoivent. J'ai peur que le président malgache ne partage son cynisme.

Le 29 mars 2006, je suis à Washington. Mais je n'ai rien oublié de ce que j'ai vu dans les prisons malgaches. Je monte dans ma chambre d'hôtel et j'appelle Antananarivo, fébrile. Dans son discours, Marc Ravalomanana n'a pas oublié les prisons. Il a fait usage de son droit de grâce qui s'étend à 369 personnes dans la prison d'Antananarivo et au même nombre dans le reste du pays. Instruction et moyens ont été donnés aux magistrats de juger les cas les plus graves dans l'année. La parole a été tenue. Je suis heureuse. J'appelle aussitôt Patrice de Charrette, qui regrette que le geste ne soit pas plus large, il a raison. Une réelle amnistie aurait vidé les prisons de milliers de prévenus qui n'ont rien à y faire. La démocratie est une pratique qui s'apprend. Marc Ravalomanana a tenu parole, et ce n'est jamais populaire de vider les prisons. Les circulaires sont sorties, elles proclament l'obligation de juger dans l'année. Un projet de loi pour limiter la détention provisoire en toute matière à deux ans a été déposé.

La date du 29 mars m'est restée en tête. Lors d'un nouveau séjour à Madagascar, j'ai voulu savoir ce qui s'était passé ce jour dont on fit la fête nationale. C'était le 29 mars 1947. Le premier grand soulèvement contre l'occupant français. La grande île comptait alors quatre millions d'habitants et trente-cinq mille colons. Tout a commencé dans la nuit de samedi à dimanche, des camps de gendarmerie ont été attaqués par des Malgaches à Moramanga, à Manakara ainsi que dans le Bas-Faraony. L'insurrection était menée par des sociétés secrètes, installées dans les forêts et aux points stratégiques du réseau ferroviaire. L'armée française répondit par une répression aveugle, le corps expéditionnaire monta jusqu'à trente mille hommes. La guérilla s'installa dans la grande forêt pendant plus de vingt mois jusqu'à épuisement. Les derniers rebelles, affamés, finirent par se rendre. Entre-temps, l'armée française avait procédé à des exécutions sommaires, des tortures ; elle avait brûlé les villages ; des suspects furent jetés d'avion pour installer la terreur dans les esprits. Bilan de vingt et un mois de rébellion : entre 30 et 80 000 morts. Combien ? Nul ne sait exactement. Je comprends mieux pourquoi, lors de nos entretiens, Marc Ravalomanana préfère parler avec moi en anglais et non en français. Soixante ans après, la blessure est toujours là.

Lorsque je voyage en Afrique, je n'entends que ressentiment et plainte vis-à-vis de la France. Où que j'aille je bute sur l'histoire coloniale. Elle est partout dans le paysage africain. Il me faut la relire, ou plutôt la lire et la comprendre, car l'information est impressionniste, voilée, comme escamotée. Lorsque je suis arrivée en France en 1964, la guerre d'Algérie venait de se terminer, j'achetai *France Observateur* (l'ancêtre du *Nouvel Observateur*) pour ses débats et les éditos engagés en faveur du tiers-monde. Je croisais les amis de Pascal revenus des Aurès. Ils parlaient peu de la guerre d'Algérie, ils préféraient sûrement l'oublier. Éprise de ce pays, dont je réclamais l'adoption, j'ai cru que la page avait été tournée.

Je n'avais rien compris à ce que l'écrivain Slimane Zeghidour appelle « le secret de famille de la République ».

Lorsque j'ai pris en charge l'instruction de l'affaire Elf, j'avais en face de moi les puissants du pétrole français, je n'aimais pas leur arrogance, la façon qu'ils avaient de se servir dans les caisses, mais lorsqu'ils invoquaient les intérêts supérieurs du pays, j'étais prête à les croire. Je sortais de plusieurs années en détachement au ministère des Finances, entourée de hauts fonctionnaires intègres, d'une compétence absolue. J'avais confiance dans les institutions de mon pays d'adoption. Je n'imaginais pas que la finalité des dirigeants des sociétés nationales du pétrole fût autre chose que le bien commun. Je traquais les dérives et non le système lui-même.

Pourtant au fil de mon enquête, j'ai découvert un monde souterrain. Magistrate, limitée par le cadre de ma saisine et des compétences nationales, je devais m'arrêter sur le seuil de certaines portes, qui menaient vers l'étranger. Je découvrais des chemins qu'il aurait été passionnant de remonter, des connexions qui m'ahurissaient. Avec des chiffres, des comptes, nous avions sous nos yeux le déchiffrage d'un vaste réseau de corruption institutionnalisé, dont les fils étaient reliés en direct à l'Élysée.

Ce n'était pas mon rôle d'en tirer les conclusions politiques, mais j'en ai gardé l'empreinte. Nous avions dessiné alors un vaste schéma, que j'ai toujours avec moi. Il fait huit mètres une fois déplié. Il serpente depuis le bureau d'un directeur des hydrocarbures d'Elf, jusqu'à des comptes obscurs alimentés par le Gabon, aux mains d'Omar Bongo : quarante ans de pouvoir et une difficulté récurrente à distinguer sa tirelire et sa famille d'une part, le budget de l'État et le gouvernement d'autre part. J'emporte souvent ce schéma avec moi, au fil des rendez-vous. Je l'étale sur les tables, un peu comme un capitaine au combat sort ses vieilles cartes. Les positions ont sans doute varié, les techniques de camouflage se sont sophistiquées, mais le système est là : les tyrans sont des amis, que la France a placés au pouvoir et dont elle protège la fortune et l'influence par de vastes réseaux de corruption ; en échange ils veillent sur les intérêts et les ressources des entreprises françaises venues creuser le sol. Tout ce beau monde a intérêt à ce que rien, jamais, ne stimule ni les institutions ni l'économie des pays.

Et si je m'arrête un instant au Gabon, qu'est-ce que j'y vois ? Un pays riche qui exporte plus de treize milliards de dollars de pétrole brut par an et affiche un PIB par habitant largement au-dessus de la moyenne africaine (6 397 $) ? Ou un pays pauvre où l'espérance de vie est estimée à 55 ans pour les femmes et 53 pour les hommes, ce qui leur laisse un an de moins que les Malgaches nés sur un sol sans pétrole ? Le taux de mortalité infantile est au Gabon particulièrement élevé, le taux de vaccination contre la rougeole est de 40 % contre une moyenne de 79 % dans les pays en développement. Voilà où en est le Gabon, chasse gardée de la France, fournisseur des trésors du pétrole et de l'uranium, fief de Total-Elf la première capitalisation boursière française.

Si les habitants de Libreville n'ont pas bénéficié de la richesse de leur pays, c'est parce que la France s'est accaparé ses ressources minières, avec la complicité d'un président, enrôlé dès son service militaire par l'armée française et ses services secrets, placé à la tête du pays à 32 ans par Paris. Il était alors le plus jeune chef d'État du monde. La France contrôle son armée, ses élections et protège sa fortune. En retour, Omar Bongo fait table ouverte plusieurs fois par an, avenue Foch ou à l'hôtel Crillon, où il reçoit les hommes politiques, les publicitaires et les journalistes français qui comptent. Chacun se presse à ces audiences. Dans les années 1990, un homme politique français de premier plan, alors en fonction, bénéficiait en parallèle d'un contrat de « consultant » signé par Omar Bongo et largement rémunéré. De Roland Dumas, le président gabonais dit qu'il est « son ami intime ». Prévoyant, il apprécie aussi Nicolas Sarkozy, venu « prendre conseil » en tant que candidat à l'élection présidentielle. Lorsque au cours de l'instruction, nous avons perquisitionné au siège de la Fiba, la banque franco-gabonaise, nous avons consulté le listing des clients, qui paraissait tenu à la plume sergent-major. C'était une sorte de Who's Who de la France en Afrique, qui en disait long sur l'envers de la République et des médias.

À ceux qui croient encore à l'aide désintéressée de la France en Afrique, il suffit de consulter les chiffres du PNUD (Programme des Nations unies pour le développement). La corrélation est régulière entre le montant de l'aide française et la richesse en matières premières. En clair, celui qui n'a rien dans son sous-sol ne doit pas attendre grand-chose de Paris… Il n'est pas étonnant de retrouver le Gabon comme l'un des premiers bénéficiaires de l'aide publique française au développement. Le résultat est affligeant en termes de système de santé et d'éducation. L'argent s'est perdu en route. Il est justement fait pour cela.

Il ne s'agit pas d'une dérive mais d'une organisation cohérente et raisonnée. Dans chaque audition durant notre instruction, nous entendions parler de pressions physiques, d'espionnage permanent et de barbouzes. Les perquisitions dans la tour Elf à la Défense livraient une moisson de documents révélant la confusion des genres, nous les transmettions au parquet de Nanterre, qui se gardait bien d'ouvrir des enquêtes. Car Elf hier, Total aujourd'hui, est un État dans l'État, conçu par Pierre Guillaumat un ancien ministre de la Défense, patron des services secrets et responsable du programme nucléaire français afin de servir les intérêts géopolitiques de Paris.

La Norvège a utilisé son pétrole pour construire et assurer le paiement des retraites futures. La France se sert d'Elf-Total pour affirmer sa puissance. La compagnie intervient dans le golfe de Guinée, au Nigeria, au Congo-Brazzaville, en Angola… Tous ces pays ont connu la guerre civile et la dictature, derrière laquelle la main française s'est fait sentir. Le chaos, lorsqu'il se produit, ne trouble pas le système. Il n'est qu'à voir l'Angola, en guerre pendant des dizaines d'années, mais dont aucune goutte de pétrole, jamais, n'a raté sa destination. Pendant la guerre, les affaires continuaient… Les banques françaises, BNP-Paribas en tête, ont même profité de l'occasion pour élaborer des montages financiers destinés aux pays en guerre, à des taux affolants, tout en sachant qu'elles ne prenaient pas le moindre risque. L'argent, là aussi, n'a pas été perdu pour tout le monde. C'est un miroir dans lequel il ne faut pas trop souvent regarder les élites françaises.

Depuis que j'ai ouvert le dossier Elf, dans mon bureau de la galerie financière, j'ai voyagé physiquement et intellectuellement bien loin de la Seine et de ses quais gris et bleus… J'ai appris en marchant. À l'arrivée, le tableau est effrayant.

L'Afrique a refait de moi une Norvégienne, fière de l'être. Mon pays est riche, mais il se souvient avoir été pauvre, un peuple d'émigrants regardant vers le Nouveau Monde américain. Son esprit de conquête, ses allures vikings sont des traces d'un passé très lointain, vinrent ensuite les tutelles danoise puis suédoise, dont il fallut se libérer. Il envoya vers l'Afrique des missionnaires protestants, personnages austères au visage buriné, taillé par la parole chrétienne et l'œuvre humanitaire, plutôt que des nouveaux colons, comme on les croise encore dans les quartiers d'expatriés blancs.

Pendant que la France fondait Elf, la Norvège mettait en place l'exploitation des ressources de la mer du Nord, accumulant un fonds de réserve, aussitôt placé pour les générations futures et soigneusement contrôlé. Ce petit pays des terres gelées est devenu la première nation donatrice en dollars par habitant. Bien sûr, les pétroliers norvégiens ne sont pas des enfants de chœur. De récentes enquêtes ont montré que certains d'entre eux ont versé des commissions et que la tentation d'abuser de leur pouvoir est permanente. Mais la Norvège n'a pas à rougir de ce qu'elle a fait de son pétrole. Ce que j'ai vu, les rapports internationaux qui l'attestent, est une œuvre d'espoir.

La République française, à la même époque, a mis en place en Afrique un système loin de ses valeurs et de l'image qu'elle aime renvoyer au monde. Comment des institutions solides et démocratiques, des esprits brillants et éclairés, ont-ils pu tisser des réseaux violant systématiquement la loi, la justice et la démocratie ? Pourquoi des journalistes réputés, de tout bord, ont-ils toléré ce qu'ils ont vu ? Pourquoi des partis politiques et des ONG, par ailleurs prompts à s'enflammer, n'ont-ils rien voulu voir ?

Je ne condamne pas. J'ai partagé cet aveuglement. J'étais comme eux, avant de glisser l'œil dans le trou de la serrure et de prendre la mesure de ce secret de famille : la France reste un empire et ne se remet pas de sa puissance perdue. L'indépendance politique a été largement une mascarade en Afrique de l'Ouest. L'Occident a fermé les yeux, car la France se prévalait d'être le « gendarme » qui défendait la moitié du continent contre le communisme. Les Français ont laissé faire, car, astucieusement, de Gaulle et ses successeurs ont présenté leur action comme un rempart contre l'hydre américaine. Elf était l'une des pièces maîtresses de cette partie géopolitique. Le double jeu a été facilité par la certitude, ancrée dans les mentalités, que « là-bas, c'est différent ». Là-bas, c'est normal la corruption, le népotisme, la guerre, la violence. Là-bas c'est normal la présence de l'armée française, les proconsuls à l'ambassade ou à l'état-major, les camps militaires. Là-bas, c'est normal l'instruction des gardes présidentielles. Là-bas, c'est normal la captation des richesses naturelles. D'ailleurs « tout le monde fait pareil ». Jeune ou vieux, de gauche ou de droite, nul Français ne songe à s'offusquer de voir nos soldats mener, presque chaque année, une opération militaire en Afrique, au Tchad, en Côte d'Ivoire, au Rwanda, quand tous se gaussent de cette Amérique venue faire la police en Irak, en maquillant d'un fard démocratique les intérêts géopolitiques et pétroliers de Washington. Il y a pourtant bien des symétries.

J'ai vu récemment un documentaire sur la guerre du Biafra, quatre ou cinq demi-heures de témoignage brut des principaux acteurs, sans commentaires. Je suis restée sans voix. À ceux qui sont nés après 1970, le Biafra ne dit rien. Dans cette région du Nigeria, riche en pétrole, une ethnie, chrétienne et animiste armée par la France, réclama l'indépendance. S'ensuivit une guerre meurtrière de trois ans, révolte financée depuis l'Élysée *via* des sociétés suisses. La télévision française aimait alors montrer les enfants affamés que les militaires français ramenaient par avion pour les soigner, jamais elle ne laissait voir la cargaison de l'aller, remplie d'armes... À l'image maintenant, les anciens collaborateurs de Jacques Foccart, repus dans leurs fauteuils Louis XV, détaillent sans émotion ces montages illégaux. Les officiers, lieutenants d'alors, généraux d'aujourd'hui, racontent ce bon tour le sourire aux lèvres. Fin du documentaire. Pas un mot, pas une ligne dans les livres d'histoire.

Des drames comme celui-ci, l'Afrique en contient des dizaines, soigneusement passés sous silence. Les massacres des Bamiléké au Cameroun par la France du général de Gaulle, le génocide des tutsis commis par un régime soutenu par François Mitterrand, les assassinats d'opposants, les manipulations d'élection… Le passif de la France sur le continent africain n'a rien à envier à l'impérialisme américain en Amérique latine ou au Moyen-Orient.

Il est à la mode parmi les intellectuels français de se plaindre du mouvement de repentance qui s'est répandu depuis quelques années. Les bienfaits de la colonisation, à inscrire dans les manuels scolaires, ont même fait l'objet d'une proposition de loi, largement soutenue par les députés. Bien sûr, l'histoire de la France en Afrique ou en Asie du Sud-Est a compté aussi des aventuriers sincères, explorateurs, instituteurs ou pionniers, qui ont fait corps avec les pays qu'ils ont découverts. À Madagascar les vazas, ces pieds-noirs malgaches, ne cessent de louer devant moi l'état des routes et des infrastructures françaises au moment de l'indépendance. Mais les peuples sont comme les familles. On ne peut pas faire le tri de la mémoire. Il est des secrets soigneusement cachés dont l'onde portée va bien au-delà d'une ou de deux générations. Les enfants héritent de tout : du malheur comme du bonheur, de la richesse comme des dettes.

La République française paie aujourd'hui la facture de son passé. Il suffit de dérouler la liste des appellations officielles des Maghrébins, nés dans un département français avant 1962 ou sur le sol hexagonal depuis les années 1970. Par la loi, ils furent et sont des Français comme les autres. Les gouvernements successifs n'ont pourtant cessé d'inventer des périphrases : « indigène musulman », « sujet africain non naturalisé », « JFOM » (jeune français originaire du Maghreb), « jeune issu de l'immigration », « fils de harkis », « jeune des quartiers », « Arabo-musulman », « Français d'origine arabe », « Français musulman »…

La France vit encore comme si en Afrique elle était chez elle, et comme si, sur son sol, ses enfants d'ascendance africaine n'étaient pas français. Le développement de la Françafrique, notre tolérance vis-à-vis des réseaux, tout ramène à ce secret colonial, à cet empire qui hante les esprits comme un fantôme. Oui, Total, la première entreprise française, est riche et prospère. Mais la manière dont la firme s'est bâtie fait partie de l'héritage. Qui osera un jour rendre au Nigeria, au Cameroun, au Gabon, au Congo-Brazzaville ce que la France leur doit ? Qui contestera les contrats conclus par Areva pour l'uranium du Niger ou ceux des mines d'or de Sadiola au Mali, deux pays parmi les plus pauvres du globe, qui ne touchent qu'une part dérisoire des richesses prélevées dans leur sol ? La République a contracté une dette qu'il lui faudra bien honorer. Notre prospérité est nourrie de richesses que nous détournons. À certains de ces sans-papiers qui risquent leur vie pour gagner l'Europe, il pourrait être versé une rente au lieu d'un avis d'expulsion. Je rêve, pour ce pays que j'aime, d'un réveil collectif.

Une France digne de son idéal et de son héritage de 1789 est incompatible avec la Françafrique : ce qu'une génération a fait, une autre peut le défaire. C'est possible.

Je reviens de Zambie. La Norvège, avec d'autres pays, finance là-bas la cellule anticorruption, chargée d'enquêter sur la période dictatoriale de Frederick Chiluba, président de 1991 à 2001, qui a depuis été arrêté et fait l'objet de cinquante-neuf chefs d'inculpation pour abus de pouvoir, vols et détournements de fonds publics estimés à des centaines de millions de dollars.

Nous payons notamment les honoraires des avocats chargés de plaider le rapatriement des fonds saisis et gelés en Grande-Bretagne. C'est pour moi tout un symbole. C'est la première fois que l'aide au développement finance une procédure, elle est évaluée à plusieurs millions de livres. Le temps de la justice est long, je sens bien qu'en Zambie le doute peut s'installer, et que l'on risque de s'entendre demander si les sommes englouties dans un long procès ne seraient pas plus utiles pour des vaccinations ou des écoles. Mais il faut tenir le cap, il y a énormément d'argent à la clé, et donc la reconstruction de ce pays riche de mines de cuivre dont il n'a jamais touché les dividendes.

Il était prévu que je parle devant le Parlement. Je toussais énormément, j'avais demandé au médecin un remède de cheval, pour pouvoir aller au bout de mon discours. Devant les députés de Zambie, j'ai donné lecture des détails de l'un des contrats de privatisation des mines de cuivre, conclu sous Chiluba et avec la bénédiction du FMI. Ce contrat offre aux entreprises concessionnaires vingt-cinq ans d'exonération ou de minoration fiscale. Résultat, alors que la valeur du cuivre exporté en 2006 atteint trois milliards de dollars (soit 12 % du budget, 40 % du PNB et 90 % des exportations), le pays ne reçoit que 60 millions de recettes soit 2 %. À titre de comparaison, la Norvège perçoit 70 % de la valeur d'exportation de son pétrole et gaz, le Chili, le plus gros producteur mondial de cuivre, perçoit 50 % et le Botswana, 75 %. Il ne reste rien à la Zambie, une poignée de dollars, un sol pollué, et une main-d'œuvre d'esclaves. 68 % de sa population vit avec moins d'un dollar par jour. J'ai dénoncé tous ces contrats iniques, et demandé qu'ils soient renégociés. Conclus dans une période de corruption intense, ils risquent de toute façon l'annulation, ce qui donne quelques arguments à l'État zambien, qui peut menacer de remettre la main sur ses mines. La Banque mondiale soutiendra l'initiative, ai-je promis, en m'avançant. Les députés se sont levés pour applaudir l'idée. Le lendemain, le discours faisait la première page des journaux.

J'ai dû annuler le reste de mon programme. La toux révéla une pneumonie. Par un signe du destin, elle m'emmenait vivre dans mon corps la pénurie africaine. Le médecin est revenu à minuit. Pneumonie du lobe gauche. « Il n'y a rien en Zambie, j'ai un petit centre avec quelques lits, une infirmière, je vous emmène là-bas. » C'était sommaire effectivement, deux lits en fer, des draps blancs et propres sous une moustiquaire. Une aide soignante aidait l'infirmière. Le médecin installa l'antibiotique en perfusion, je redoutais ce matériel et ces aiguilles trop rares pour qu'on en fasse usage unique. Mais je ne disais rien. Gentiment, le médecin me dit qu'il me trouvait fatiguée, qu'à la moindre complication il n'aurait rien pour agir et que je pourrais mourir. Il me parlait de mon âge sans oser le mentionner. Il me traitait aussi en personnalité étrangère. Nous avons décidé de mon transfert vers Johannesburg, par le jeu des assurances. En attendant le départ, j'ai passé là un jour et une nuit. L'infirmière et l'aide soignante se sont relayées à mon chevet, elles me lavaient avec douceur, prenaient ma tension et ma température toutes les deux heures, et dormaient par terre, à côté de moi. Malgré le décor, malgré la toux qui me secouait, leur présence me rassurait.

Arrivée à Johannesburg et son hôpital moderne, j'ai dû passer une nuit en réanimation, avant de monter dans une chambre. Nous étions trente dans une vaste salle. La majorité de ceux qui étaient là était en phase terminale du sida. Ce n'était que hurlements et prières.

En face de moi, un homme plus très loin de la mort. Sa femme est d'abord venue seule, elle semblait lui parler d'avenir. Puis les enfants, puis la sœur sont arrivés, tous ensemble ils ont prié, ils étaient musulmans. À gauche, un homme blanc, il venait de faire une attaque cérébrale. Il vivait au Mali avec sa femme où ils exploitaient un petit commerce, ils avaient acheté pour leur retraite une maison en Afrique du Sud. À droite un homme noir, manifestement atteint du sida, il ne pesait plus qu'une trentaine de kilos et une excroissance mangeait son visage.

J'étais épuisée, inquiète. Le docteur a très vite demandé à ce qu'on me retire ma perfusion zambienne, « parce qu'elle vient d'où elle vient » a-t-il dit à l'infirmière. J'avais peur. La mort était là, tout autour de moi, elle me lançait sur de fausses pistes, de fausses questions, où est-ce que j'ai envie d'être enterrée, en France ? en Norvège dans ces petits cimetières aux croix blanches posés face à la mer tout au bord des fjords ? Et puis elle me ramenait vers l'Afrique, je sentais en moi la douleur de ces pays pillés et privés d'hôpitaux, et je me disais que j'aimais la vie et que j'allais y arriver. Je me suis juré, là sur mon lit, que les contrats d'exploitation des mines de cuivre de Zambie seraient renégociés.

Le temps qu'il reste

C'est dans ma maison bretonne que j'ai terminé ma convalescence. La pneumonie a fini par s'éloigner.

J'ai 63 ans, je ne les fuis pas, je ne les masque pas, je leur tiens tête avec fermeté et coquetterie. Je trouve le monde plus vieux que moi, sa technologie ne le rend pas plus neuf. Quand je sentirai le contraire, qu'il va trop vite et me dépasse, alors peut-être, je ralentirai. Pour l'heure j'ai encore envie de le secouer.

Mes départs successifs ne sont pas des hasards, mais le rappel d'un vague et très ancien pressentiment : il y a menace sous l'eau qui dort. Lorsque petite fille, ma grand-mère Rønnaug m'envoya à la mission protestante, je n'y ai vu qu'un club de vieilles dames ménopausées hostiles à la jouissance de la vie, elles semblaient s'être posées là pieusement des dizaines d'années plus tôt, et n'avoir jamais bougé. Je suis repartie effrayée, j'ai couru longtemps pour être sûre qu'elles ne me rattrapent pas. Et lorsque à 20 ans j'embarquai pour la France, je me suis retournée depuis le bateau, j'ai regardé s'éloigner les côtes de mon pays, verte et sage carte postale trop petite pour contenir tous mes rêves. J'ai besoin de mouvement. Certains appelleront ça de l'ambition, ce mot ne m'effraie pas, mais je lui préfère l'orgueil. J'ai toujours eu peur du moment où le réel vous assigne votre place : vous êtes la bonne, vous êtes une épouse, vous êtes une mère, vous êtes une secrétaire, une juge puisque vous êtes une obstinée, mais docile s'il vous plaît ! Vous avez l'âge de la retraite. Non, j'ai toujours déplacé mon siège, il n'est d'action possible que dans le voyage.

Je vieillis bien sûr. Chaque année qui passe, et bascule vers la suivante, nous la fêtons avec Tone dans la pénombre, au bout du monde, sur notre montagne de Norvège. Le ciel s'éclaircit à peine trois heures, puis s'assombrit. Tout est blanc au sol, noir moucheté d'or au plafond. Les étoiles sont grandes et nombreuses. Nous construisons un sapin de neige, nous le décorons, l'illuminons et l'heure venue, nous récitons un poème toujours le même… Il s'agit d'un poème d'Arnulf Øverland, « Hustavle », c'est un mot difficilement traduisible, il désigne l'endroit d'une maison où l'on conserve ce qui est important.

Il y a une joie dans la vie
qui ne se change en ennui
Le fait de revoir l'autre
est la seule joie
Il y a un deuil dans le monde
que les larmes ne soulagent pas

c'était trop tard quand tu l'as compris
Personne ne peut passer le reste du temps
près d'une tombe gémissant
Le jour a beaucoup d'heures
L'année beaucoup de jours.

En contrebas, sur le sentier qui longe le lac gelé, nous sentons, lors de nos promenades, notre pas qui ralentit, notre souffle plus court. Au retour, nous nous serrons et nous réchauffons dans le petit sauna de bois, puis enfilons des robes de chambre écossaises, doublées de soie. Nous savons qu'au fil des ans les souvenirs s'empilent et les options tombent, qu'avec le temps le corps doucement se relâche puis se dérobe. Mais la voix, elle, a le choix. Elle peut se faner, se teinter d'amertume – on en voit de doux rêveurs d'hier devenir gardiens de l'ordre –, elle peut aussi, tel un ruisseau devenu rivière, aguerrie par les années traversées, porter plus loin un projet fomenté depuis l'enfance. C'est je crois le pari à tenir des femmes de mon âge. Nous avons essuyé les plâtres des conquêtes, nous avons osé les virages, nous avons vécu à l'insu des traditions, nous devons maintenant prouver que vieillir n'est pas flétrir.

Lorsque ma mère s'est éteinte, je me suis dit qu'elle n'avait pas pu donner toute la mesure de ce qu'elle était. Je ne l'ai jamais vue ni entendue se plaindre, même à la fin. Elle m'a offert une belle image de la mort. Elle m'a laissé y assister et m'a montré que ce n'était pas dangereux. Son cancer fut diagnostiqué par Pascal. Il évolua très vite. Je venais juste de fermer les yeux de France, ma belle-mère morte chez nous. Je l'ai appelée pour lui annoncer la nouvelle. Elle m'a dit alors : « Tu sais ma petite fille, je vais mourir bientôt. » Nous avons enterré France un jeudi, je suis partie pour la Norvège le lendemain. Ma mère était dans son lit, elle avait les cheveux courts, et une tumeur au cerveau. Sa chambre était à l'étage dans la maison de Vollen, au bord du fjord d'Oslo. Elle tenait à peine debout, mais elle voulut absolument se lever. Elle s'accrocha aux meubles, à moi, à la rampe de l'escalier, elle se dirigea vers la cuisine, elle voulait absolument me faire un gâteau. Emplir la maison de l'odeur sucrée du souvenir. Chez nous, les actes ont souvent tenu lieu de mots. On n'exprimait ni les conflits ni les sentiments.

J'avais apporté du caviar parce qu'elle n'y avait jamais goûté et une radiocassette ainsi que des enregistrements de musiques qu'elle adorait mais qu'elle n'avait jamais osé imposer à mon père : Mozart, *Exultate Jubilate,* Bach, *Passion selon saint Matthieu : Jesus Zeit ist die aller beste Zeit,* Cantate n° 106. Je voulais la faire chanter et lui rappeler Rønnaug, sa mère. Comme elle, elle avait une jolie voix, mais jamais elle n'avait pris le temps de la travailler. Nous avons passé une belle soirée et une bonne journée encore le lendemain. Son sourire plissait son visage émacié. La nuit d'après, ses douleurs devinrent épouvantables. Nous avons descendu son lit, et nous sommes installés tous ensemble en bas dans la grande pièce, ma mère, mon père et moi. Mes sœurs venaient le jour, elles n'habitaient pas très loin. Maman ne dormait plus. Elle me disait : « Parle-moi de la communion de ton fils. » Elle espérait durer jusque-là. Elle se préoccupait peu que je les baptise catholiques et non protestants. Elle épousait mon projet d'intégration en France ; la religion n'a jamais dépassé la périphérie de notre histoire familiale. Il y a en Norvège un gâteau qu'on fait pour l'occasion, une petite tour aux amandes, mélangées avec du blanc d'œuf et du sucre glace. Elle se faisait un devoir de le préparer. Nous avons rêvé des heures en évoquant les préparatifs, couleurs, vaisselles, liste des invités, robes et costumes… tout en nous tenant la main.

Elle fut ensuite transférée à l'hôpital. Nous étions en février. Dehors, la glace était bleue. Maman, toute menue, avait mis une jolie jupe marron en laine mélangée, mais elle n'avait pas de chaussures assorties et ça la chagrinait. Alors elle a pioché dans ses chaussures d'été. Elle a mis des sandales ouvertes devant, malgré la neige. Elle tanguait sur le fond bleu. Elle me faisait penser à ces peintures faites à Skagen, au bord de la Baltique par Peder Severin Krøyer, deux femmes fines de dos marchent le long de l'eau, vers un horizon très flou. Ma mère voulait être belle pour sa dernière sortie.

À l'hôpital, deux jours plus tard, elle est tombée dans le coma. Plusieurs semaines s'écoulèrent avant qu'elle ne meure. Nous étions installés autour de son lit, nous lui caressions le visage, nous parlions entre nous, sœurs autour d'un père bientôt veuf. Nous échangions des souvenirs. C'était la première fois que nous étions réunis ainsi depuis mon mariage.

Dans l'unité de soins palliatifs, on nous parlait doucement, on nous offrait du café. Lorsque ma mère s'est éteinte, nous étions là depuis des jours et des jours, et nous n'avons pas pleuré. La mort qu'on accompagne fait beaucoup moins peur.

Mon vieux père est toujours là. Il a 92 ans, il voyage encore et fait le joli cœur. Il donne du grand âge la plus belle image, et me laisse l'illusion que je suis éternellement la fille butée de mon père.

Je crois que le jeu de la séduction dure aussi longtemps qu'on le veut, en tout cas plus longtemps qu'on ne le pense. Plus on vieillit, plus il faut dire et signaler qu'on est encore intéressé par les échanges. Une femme vieillissante qui prend soin d'elle signale sa féminité. Elle ne doit pas tomber dans la caricature et s'aligner à tout prix sur les formats de la jeunesse, mais accepter une beauté nouvelle, aimer son corps changeant, parce qu'il est sa maison, son transport, qu'il a besoin de vibrer encore. Sa douceur est encore attractive, tout doit signifier l'envie de vivre et d'aimer. Beaucoup trop de gens pensent que l'amour est réservé aux jeunes. Il peut disparaître, et puis revenir. Il est des amours, dont on ne fera jamais des vies communes, qui durent toute une vie. Il est des regards échangés à 17 ans, qui se retrouvent trente ans plus tard. Je trouve bon, moi, d'être libérée de tous les mythes féminins. Lorsque j'étais une mère, une épouse, j'avais une jolie maison, pleine de souvenirs et je pensais y mourir. On ne me fera plus jamais croire à l'impératif du nid familial, on perd trop souvent sa vie et ses désirs dans la gestion des détails. Rares sont les couples qui donnent la preuve du contraire.

Mes mots peuvent paraître dictés par la violence de ce qui m'est arrivé. Ce n'est pourtant pas l'amertume, mais le goût de la vie, qui me fait parler ainsi. J'aime et j'ai besoin de l'intimité d'un homme, mais il ne doit pas être le centre de mon univers. J'ai pour le cocon la méfiance des abeilles. Jamais une femme ne doit renoncer à son autonomie.

Paradis artificiels

S'il faut une cible, désignons les paradis fiscaux. S'il faut des mots, disons-les : c'est grâce à eux que le butin des razzias financières de la corruption et de la tyrannie échappe au regard des juges, du fisc, et de l'opinion. Rien, aucune enquête judiciaire, aucun discours politique d'envergure n'a jamais attaqué cette forteresse artificielle qui n'est défendue par aucune armée, qui arbore le drapeau trompeur de la liberté et de la concurrence. La démocratie a baissé les bras. Il lui reste des enceintes, des conférences, où la morale est de bon ton, mais elles sont des volières dorées, où les mots s'envolent sans jamais aller plus loin. Le combat frontal n'a pas été mené. La raison en est simple : les paradis fiscaux n'existent qu'avec l'accord des grandes places financières internationales. Là encore il faut jouer avec le mal, rentrer dans le système, raconter aux financiers le monde tel qu'il est, parler avec leur langage, et à leurs certitudes.

En voyageant six mois par an, je perçois les murmures inquiets des états-majors capitalistes et industriels de New York ou de Francfort. La situation leur échappe. Le monde bouge trop vite. Nous connaissions la corruption du Nord, profitant des faiblesses du Sud pour faire des affaires, les marchés pétroliers et l'armement, où la prévarication règne. Mais les nouveaux venus dans le jeu économique, avec les flux gigantesques de Chine, d'Inde, du Moyen-Orient, de la Corée, du Brésil ont tous un point commun : la tolérance à la corruption. Pis encore, l'appétence pour elle. La Chine, nouvelle et écrasante puissance financière, pratique un capitalisme de masse sans avoir renoncé au verrouillage communiste et aux usages mandarins. Sur les bourses du monde, la moitié des fonds contourne désormais la réglementation au point que certaines autorités financières américaines réclament des mesures de régulation. L'édifice occidental ignorait la pauvreté jusqu'à ce qu'elle soit synonyme de pression migratoire, il faisait tranquillement et brutalement ses provisions de pétrole jusqu'à ce qu'il découvre l'insécurité énergétique. Il faut saisir ce moment de doute.

C'est dans cet état d'esprit que je me suis envolée pour Washington en février dernier. Nous avions rendez-vous avec Paul Wolfowitz président de la Banque mondiale, bras financier de l'ONU, créée après guerre pour la reconstruction de l'Europe, qui finance aujourd'hui des infrastructures et des actions de développement en Afrique, en Asie, et en Amérique latine. Je me sentais poussée par une constellation historique, d'autres diraient plus sobrement, une fenêtre de tir. La Norvège a un siège à la Banque mondiale tous les vingt-six ans, la voici dans la place pour trois ans. Nous sommes gouvernés, depuis deux ans, par une alliance autour des sociaux-démocrates qui va du centre à l'extrême gauche tiers-mondiste, la volonté politique est là, je le sens chaque jour à la clarté de mes mandats. Enfin, Paul Wolfowitz a des mots directs, il martèle depuis sa prise de fonction que le développement pose des questions politiques, qu'il faut s'attaquer aux circuits de la corruption, et que l'Afrique est prioritaire.

Il avait fallu manœuvrer pour décrocher ce rendez-vous. J'avais profité d'une conférence à Oslo à laquelle assistait Wolfowitz, tiré la manche de notre ministre des Affaires étrangères pour lui demander d'organiser la rencontre. Deux minutes plus tard, il me faisait savoir que j'étais invitée au déjeuner et que j'aurai sept minutes de temps de parole. Face à ce genre d'imprévu, le trac s'en prend tout de suite à mes vêtements. Je ne me sens pas assez bien habillée, pas assez bien coiffée, une femme sans son armure. Il a fallu faire avec les moyens du bord et préparer un topo court et efficace : puisque la Banque mondiale plaide pour le retour des fonds détournés par la corruption, elle doit moins se préoccuper des techniques de rapatriement que de la localisation de l'argent. Le chemin le plus court passe par les paradis fiscaux. Ce fut bref et poli. J'ai su pourtant qu'en rentrant il avait demandé à son équipe de réfléchir à une action marquante qui démontrerait la détermination de la communauté internationale.

La proposition du rendez-vous n'a pas tardé à nous parvenir. J'ai mis dans ma valise le tailleur des grandes occasions, le schéma de l'affaire Elf, et les propositions que nous comptions faire. Nous sommes quatre. Comme les mousquetaires. Anne Mette, Morten, Jörn et moi. Trois juristes et un tacticien. Ils sont entrés l'un après l'autre dans ma vie. À chaque fois, c'était au bon moment, alors que je m'essoufflais, que l'impuissance me guettait. Ex-juge d'instruction qui voyageait et conseillait pour offrir aux pays en voie de développement un appareil judiciaire digne de ce nom, je buttais toujours sur la même question : à quoi bon entraîner les soldats quand l'ennemi est hors d'atteinte ? Il faut aller chercher l'argent là où il se trouve et le rapatrier.

Anne Mette Dyrnes est venue la première. Dès mon retour en Norvège, j'ai fait appel à elle. Elle est aujourd'hui juge à la cour d'appel d'Oslo. Tant de fois, nous nous sommes retrouvées le soir tard côte à côte, elle au clavier qui traduisait nos élans. C'est une très bonne juriste internationale, elle a été représentante de la Norvège au Gafi, je teste toujours mes idées sur elle, qui les coule dans les mots du droit. Il y a entre nous bien des ressemblances. Une jeunesse blonde, un vieux prix de beauté qui la coiffa à 18 ans du petit chapeau rouge de la plus belle fille de l'année, et surtout cette conviction commune que la vie est plus dense quand elle est courbe. Elle était assistante sociale, et ne s'est mise au droit qu'après la naissance de son troisième enfant. C'est un bloc de volonté qui habite sur une colline et circule à vélo. Les engagements tardifs sont moins menacés d'érosion, je crois.

Morten Eriksen est premier substitut à la brigade financière. Pas un jour sans que l'on s'appelle. On se stimule l'un l'autre. Il a la cinquantaine, deux enfants, il nous a rejointes il y a deux ans après l'élection du nouveau gouvernement qui promettait des marges de manœuvres. Bénévolement. Il a conduit en Norvège tous les gros dossiers de fraude fiscale, et s'est régulièrement heurté aux paradis fiscaux. Il a autorité sur les enquêteurs, les policiers, les experts, il a tous les outils d'action en main, un jour pourtant il m'a dit : « Tu m'as ouvert les fenêtres. » Je sais ce qu'il veut dire. Il cherche un supplément d'âme, une nouvelle source énergie. J'ai connu ce sentiment lorsque j'étais magistrate, ce besoin de savoir exactement où se trouve l'épicentre d'une situation. Morten a pris six mois de congés scientifiques pour étudier les structures juridiques des paradis fiscaux.

Nous étions occupés à compulser les chiffres et les montants en jeu, lorsqu'un ami philosophe m'a conseillé de rencontrer l'un de ses anciens élèves, Jörn Siljeholm. Il a vécu quinze ans aux États-Unis. Titulaire d'un doctorat d'analyse de risque, il a enseigné au très prestigieux MIT (Massachuset Institute of Technology) à Boston. Il a été inspecteur de l'armement en Irak, directeur d'une grosse compagnie d'assurance. Il a également été élu trader de l'année. Un tel pedigree n'a *a priori* rien à faire d'une cellule d'idéalistes qui veulent faire bouger les lignes du monde. Mais j'accepte immédiatement de boire un verre avec lui. Je découvre un homme de 45 ans qui porte cheveux longs et blouson de cuir. Il a plutôt l'air d'un activiste que d'un businessman. Je sors de mon sac à dos mes dossiers, mes fiches. En cinq minutes, il me dresse, chiffres à l'appui, la situation mondiale des fonds spéculatifs échappant à toute réglementation boursière. J'ai en face de moi un puits de connaissance, un homme qui connaît le système de l'intérieur. Il a une approche pratique et politique du marché que nous n'avons pas. Le lendemain matin, il a fait déposer une importante documentation à mon bureau. Quelques jours plus tard, je plaide pour son embauche lors de la réunion du comité directeur de NORAD : « J'ai peu de temps, les attentes sont énormes, est-ce que vous m'autorisez à le recruter ? » leur dis-je. J'ai immédiatement le feu vert. J'appelle Jörn pour l'informer de la bonne nouvelle, tout de suite, il me dit : « Si vous voulez faire quelque chose, il faut être aux États-Unis. » Il est donc reparti là-bas travailler pour nous. Après avoir connu renommée et argent, il repartait en charge d'une mission contre la corruption. Au fil de nos discussions, la confiance s'installant, j'ai mieux compris cette volte-face, Jörn avait souffert. Il avait besoin d'un nouveau moteur à sa vie. Il est devenu notre sentinelle américaine.

Nous avons maintenant des alliés aux États-Unis. Le sénateur Carl Levin, par exemple, dont j'avais découvert l'existence pendant l'affaire Elf. Sénateur démocrate du Michigan, rapporteur de la commission d'enquête permanente, il a habitué l'Amérique à quelques rapports explosifs. Il a ainsi montré au monde qu'une grande banque américaine comme Riggs a blanchi les fonds d'Obiang, despote de la Guinée équatoriale qui avait fait transiter quelque 750 millions de dollars *via* une soixantaine de comptes. Lorsque nous nous sommes rencontrés, l'an dernier, nous avons tout de suite envisagé de travailler ensemble, nous nous sommes découvert quelques « clients » communs, personnalités de l'affaire Elf et de la banque Riggs, et aussi la même conviction qu'il faut frapper là où le secret empêche toute localisation et restitution des avoirs volés : les paradis fiscaux. L'an dernier, Levin a sorti un de ces rapports dont il a le secret : il démontait le système qui permettait à tout chef d'État corrompu d'investir en toute tranquillité dans les *hedge funds*. Ces fonds spéculatifs, contrairement aux organismes traditionnels, n'ont pas à s'enregistrer auprès des autorités boursières ni à leur rendre des comptes. Ils prennent de plus en plus de poids dans la finance mondiale, représentent à eux seuls aujourd'hui 50 % des transactions sur les bourses du monde. Et s'ils se banalisent et s'ouvrent à une clientèle plus large, ils restent pour les grands corrupteurs une usine à blanchiment à un taux de rendement très fort, bien meilleur que le marché. Les capitaux traqués fructifient et s'évaporent en même temps.

C'était la pente naturelle que de frapper aux portes démocrates, nous aurions même pu essayer celle de Hillary Clinton, nouvelle prétendante à la Maison Blanche. Mais il nous est apparu plus judicieux de trouver quelques alliés chez les républicains. Les démocrates, tout à leur reconquête du pouvoir, font en sorte de rassurer la finance. Les républicains, en tout cas certains d'entre eux, ont le problème inverse : ils doivent démontrer qu'ils veulent un monde meilleur, bien qu'ils aient envahi l'Irak. Si quelques-uns déposent un projet de loi, les démocrates suivront.

Voilà pourquoi avant d'aller chez Wolfowitz, nous avions rendez-vous avec le sénateur Lugar, républicain de l'Indiana. Jörn l'avait repéré comme un « bon » républicain. C'était un peu comme une répétition de nos arguments avant la rencontre au sommet. Ce petit homme aux cheveux blancs a tapissé son bureau de photos de James Dean, enfant chéri de l'Indiana. À chacun ses reliques ; je déplie ma grande feuille Elf, je lui raconte le cheminement, les résistances, le temps passé à démêler les circuits financiers. Je conclus qu'il vaut mieux frapper là où l'argent se cache. Je suggère ainsi de réserver aux sociétés fantômes le même sort qu'aux navires battant pavillon de complaisance qu'on arraisonne dans les ports lorsqu'ils ne sont pas aux normes. Le propriétaire affiché est considéré comme tel. Si bien que le vrai propriétaire finit toujours par apparaître pour réclamer son bien. La confiscation peut être un instrument utile contre le blanchiment. Je sais que l'homme assis en face de moi, très en pointe sur les questions d'environnement, n'en est pas moins américain et donc très attaché au principe de liberté. Je lui explique qu'avec une centaine de paradis fiscaux officiellement recensés la liberté a son compte, et qu'il est temps de se préoccuper d'un peu plus de transparence. Il n'est pas hostile à des fichiers électroniques infalsifiables, et très favorable à une coopération étroite entre les pays pour tracer les fonds, nous convenons que ce projet sera très officiellement lancé avec le ministre norvégien du Développement le mois d'après. Nous terminons par une photo de groupe, gentiment dédicacée, avant de prendre la direction de la Banque mondiale.

Paul Wolfowitz a ce qu'on appelle une réputation. C'est un néoconservateur passé des démocrates aux républicains. Il fut l'un des plus virulents partisans d'une guerre contre l'Irak dès le lendemain des attentats du 11 Septembre. Secrétaire adjoint à la Défense, sous les ordres de Donald Rumsfeld, il était chargé de trouver les justifications de l'invasion, il plaida pour la recherche des armes de destruction massive avec le succès que l'on sait. En le nommant à la Banque mondiale, juste avant de remplacer Donald Rumsfeld, George Bush a voulu déplacer des pions devenus encombrants.

J'ai pris pour habitude de regarder l'individu, plus que la fonction, en face de moi. Ça simplifie la rencontre, et ça soulage mon trac. En imaginant sa solitude, en partageant ses émotions, j'imagine le chemin vers lui, je sais ce dont il a besoin. Et je sais ce dont Wolfowitz a besoin : il vieillit, il a eu une belle carrière, mais il laissera la trace d'un faucon. Il pense à la sortie et voudrait qu'elle soit belle. Il a besoin d'une noble cause, je suis prête à saisir l'occasion. Il est un peu dans la même situation que Robert McNamara, secrétaire d'État à la Défense et stratège de la guerre au Vietnam, nommé en 1967 à la tête de la Banque mondiale : « Un va-t-en-guerre qui cherche à essuyer le sang qu'il a sur les mains », comme l'a écrit un journaliste américain lors de sa nomination.

Au début, il a les yeux sur ses notes, cette façon qu'ont les puissants d'aujourd'hui de tenir plusieurs réunions en même temps. Ses papiers sont mes ennemis, je veux accrocher son regard, le temps m'est compté. Enfin je gagne son attention, j'ai déplié sur la table un volet de l'affaire Elf, un cas seulement, « le cas Guillon », quatre écrans de fumée, cinq ans d'enquête. Une société offshore d'aujourd'hui utilisera jusqu'à dix écrans. Wolfowitz le sait aussi bien que moi. Il n'est pas de ces Américains sans passeport ne jurant que par la sécurité nationale. Il connaît le reste du monde. Il parle l'arabe, le français, l'allemand, l'hébreux et l'indonésien. En visite l'année dernière dans une mosquée dans l'est de la Chine, il s'est déchaussé à l'entrée, laissant voir deux trous à chacune de ses chaussettes, puis il a récité ensuite des sourates du Coran en arabe. Depuis qu'il a rejoint la Banque mondiale, il s'est rendu dans plus de cinquante pays. On peut donc être architecte de la guerre et fin connaisseur des autres cultures.

Je lui parle de l'urgence : empêcher les paradis fiscaux d'abriter des structures qui favorisent la dissimulation des fonds provenant de la corruption, de l'exploitation illégale des ressources des pays en voie de développement, du détournement de fonds publics, et de la fraude fiscale. Empêcher le blanchiment de fonds illégalement détournés des pays pauvres *via* des investissements dans les pays riches. Nouer des alliances avec les pays floués par l'opacité des trusts et des paradis fiscaux, et peser sur ceux qui refusent le renforcement du contrôle des paradis fiscaux. Empêcher les pays développés d'user d'instruments légaux pour bloquer le rapatriement des fonds. Renforcer la réglementation et les sanctions à l'encontre des multinationales qui exploitent les matières premières en violation des règles de l'OCDE.

Je déroule ainsi tous les points de mon argumentaire, il acquiesce mais avec cette politesse des diplomates qui enregistrent sans forcément dire oui. Mes mots s'enroulent ainsi autour des îles Caïmans et consœurs. Tous les paradis sont artificiels. Ils peuvent donc être défaits.

Je suggère deux actions précises et symboliques. Un : que la Banque mondiale renonce aux paradis fiscaux pour elle-même. Elle y a recours, comme de nombreuses institutions, pour optimiser ses fonds. Deux : étudier la possibilité d'exclure des appels d'offres que lance la banque pour les chantiers qu'elle finance, toute entreprise basée dans un paradis fiscal. La black-list est un système simple et efficace. Sur ma lancée, je propose enfin que mon équipe vienne travailler quinze jours à la Banque mondiale pour échafauder un réel plan d'action. Nous nous sommes séparés au bout de trois quarts d'heure mais sans reprendre rendez-vous.

Il fallait attendre.

Il est des épilogues heureux. Et ce voyage en a un.

Le 21 mars dernier, Erik Solheim, mon ministre de tutelle est venu à Washington. Il a été reçu, comme prévu, par le sénateur Lugar. Ensemble ils ont affirmé que la lutte contre la corruption et les paradis fiscaux est essentielle pour la sécurité énergétique du monde. L'annonce était symbolique, mais qu'un tel attelage – un gauchiste scandinave et un sénateur républicain – s'affiche ainsi au Capitole et parle d'une même voix était la preuve évidente d'une maturation des esprits. Ils ont envisagé qu'à titre d'étude soient tracés les flux financiers à partir de deux pays producteurs de pétrole jusqu'aux paradis fiscaux.

J'aurais aimé que l'on annonce la création du prix du Whistblower, le tireur d'alarme en quelque sorte : un million de dollars à celui qui de l'intérieur dénonce les fraudes du système. Les États-Unis connaissent l'utilité du Whistblower. C'est une femme, employée d'Enron, qui avait dénoncé le trucage comptable, elle fut nommée femme de l'année. Les conséquences personnelles d'un tel acte peuvent être lourdes, un prix bien doté offrirait quelques garanties matérielles. C'est une méthode assez « Uryddig », comme on dit en norvégien, traduire : pas très conforme aux usages bureaucratiques. J'aime cette phrase de Jörn, en forme de réponse à ceux que nos propositions effraient : « Nous sommes les procédures innovantes. »

Une lettre de la Banque mondiale, enfin, nous est parvenue. Elle indique qu'une commission est mise en place pour réfléchir à un programme d'aide au rapatriement des fonds vers les pays pauvres. Nom de code : Star. Je suis invitée à y siéger, avec d'autres personnalités internationales. Nous travaillerons sous l'autorité de l'ancienne ministre nigérienne des Finances Ngozi Okonjo-Iweala. Cette femme nous protège d'un discours de façade, mieux encore peut-être que le point 55 de la nouvelle stratégie de la Banque mondiale, lutte contre la corruption et les paradis fiscaux. Je la connais un peu. Je sais tout ce qu'elle a fait et tenté chez elle, et je l'entends encore me dire, habillée de ses tuniques colorées africaines qu'elle porte aussi à Washington, qu'elle veut laver l'honneur de son pays. Je l'entends encore me dire : « Eva, après Abacha, nous allons retrouver l'argent de Mobutu. »

Mais un autre épilogue s'est ajouté, qui risque d'affaiblir notre combat.

Paul Wolfowitz est au cœur d'un scandale : il est violemment mis en cause pour népotisme au sein de la Banque mondiale. Il avait demandé, à son arrivée, que sa compagne, qui travaillait au département Moyen-Orient de la banque, soit déplacée pour éviter tout conflit d'intérêts. Le geste était plein de principes, mais la suite beaucoup moins. Wolfowitz a pesé lourd sur les conditions salariales du transfert, la presse américaine a révélé des conditions de départ exorbitantes, l'assemblée générale des personnels ainsi que des ONG ont demandé sa démission.

Il est évident que dans une croisade contre la corruption il faut être irréprochable. Et c'est bien que cette histoire soit sortie. Que des années passées dans les allées du pouvoir américain aient fait de lui un cow-boy de plus, qui impose son clan et ses méthodes, ne me surprend pas. C'est même son autorité et son calibre politique qui m'intéressent. Les hommes dans son genre ne parlent d'ordinaire jamais de la corruption en Afrique. Je veux le croire et le prendre au mot. Il n'a d'ailleurs pas fait que parler, il a pris des décisions.

Il a suspendu tous les prêts au Tchad, car le régime d'Idriss Déby ne se conformait pas à l'accord passé, selon lequel 70 % des recettes du pipeline Tchad-Cameroun étaient réservées aux projets contre la pauvreté, comme les écoles et les dispensaires. 30 M de $ de ces recettes avaient été utilisés pour acheter des armes. Wolfowitz a appelé Idriss Déby, pour l'avertir de ne pas violer la loi. Le président tchadien a fait voter un amendement réduisant le pourcentage des fonds consacrés à la lutte contre la pauvreté. Wolfowitz a suspendu tous les financements de la Banque mondiale. Il a également demandé la révision d'un accord de diminution de la dette du Congo-Brazzaville. Et ce après avoir découvert dans la presse la facture d'hôtel de Denis Sassou N'Guesso durant une visite à New York pour l'Assemblée générale des Nations unies : 300 000 $. Son intransigeance trouble le jeu des alliances et des connivences en Afrique. La France se sent menacée dans son pré carré.

Je ne crie pas au loup. Les idées sont plus importantes que les hommes, même si l'étincelle entre eux est déterminante. J'ai quitté Washington, et la Banque mondiale, heureuse de voir se répandre à grande vitesse la volonté de combattre la corruption. Rien dans mon parcours, mes idées, ne me destinait à travailler avec un homme comme Paul Wolfowitz, mais j'y étais prête, le jeu en valait la chandelle.

Je me prends à rêver. Je rêve qu'on retrouve et que l'on restitue les fonds des Mobutu, Ratsiraka, Obiang, Bongo, Dos Santos, N'Guesso…

Trois milliards de dollars pour le Liberia ! L'ancien président Charles Taylor est détenu à La Haye, inculpé de crimes de guerre, mais une grosse part de ses fonds est à l'abri dans des paradis fiscaux. Les États-Unis ont gelé ses avoirs sur leur territoire, mais ne se décident pas à les restituer malgré les demandes de la nouvelle présidente Ellen Johnson Sirleaf.

Quatre milliards de dollars pour le Gabon ! C'est l'évaluation faite de l'enrichissement du clan Bongo. Tant qu'il est au pouvoir, il n'est pas question de rapatrier l'argent, mais il faut le saisir, et instruire enfin son procès.

700 millions de dollars pour la Guinée équatoriale d'Obiang.

Combien pour le Congo-Brazzaville où 70 % de la population vit avec moins d'un dollar par jour ? Difficile d'évaluer la colossale richesse de Sassou N'Guesso, des millions de dollars de la rente pétrolière échappent à la comptabilité nationale. On a localisé 472 millions aux Bermudes, qui, derrière l'écran artificiel de cette construction juridique, prospèrent tranquillement dans les banques françaises, luxembourgeoises, suisses, américaines[1]. Et combien pour le Congo-Kinshasa victime de l'exploitation sauvage de ses ressources, coltane, uranium, pétrole… depuis des dizaines d'années ?

Imaginez l'émotion de ces pays spoliés, souvent meurtris par des guerres civiles sanglantes, si nous arrivions à des virements de plusieurs milliards de

1. Chiffres tirés du rapport « Biens mal acquis… » du CCFD (Comité catholique contre la faim et pour le développement).

dollars dans les caisses des États. Imaginons des despotes vacillants, aux fortunes gelées et décortiquées par les tribunaux internationaux appliquant enfin des conventions depuis longtemps écrites. Imaginons qu'alors l'argent parle, dise tout de la corruption, et retourne d'où il vient.

Entre deux rives

Souvent je joue avec l'idée du retour en France. Je balance, j'hésite. Je me sens appartenir aux deux mondes. J'ai ici et là-bas des racines. La France abrite mes enfants, mes petits-enfants, mes souvenirs et ma métamorphose. La Norvège m'offre cette sensation rare d'influencer et de diffuser mes idées. Si choisir revient à trancher entre l'action et la retraite, je ne m'y résous pas. Il n'y a que deux façons de faire avec la vie : on la rêve ou on l'accomplit. J'ai toujours choisi la seconde voie.

Chaque changement m'a propulsée ailleurs. J'ai ainsi le sentiment d'avoir vécu plusieurs fois l'adolescence. Je n'ai pas eu peur du trouble. Aujourd'hui, je sais que les détails d'une vie comptent moins que sa signification. Je m'appuie de toutes mes forces sur le rêve et l'action, j'ai besoin des deux pour avancer. Le contraire du rêve c'est juste l'absence de rêve. « Impose ta chance, serre ton bonheur et va vers ton risque. À te regarder, ils s'habitueront », écrivait René Char.

Mon double de papier, cette femme publique qui porte mon nom, mes lunettes, qui alimenta rumeurs, échos, et complots parisiens, revient vers moi. Elle ne me ressemble pas tout à fait, ses mouvements sont les miens, mais ses mots et ses émotions sont encore distincts.

Je peux aujourd'hui regarder tranquillement ceux qui m'ont faite, la Norvège et la France, un peu comme on observe ses parents, la maturité venue : sans ressentiment, ni colère, au courant de leurs obsessions, de leurs histoires, et émue de les voir se battre contre le temps. Je suis le fruit de deux mythes inversés revendiquant tous deux leur exemplarité.

La Norvège, longtemps faite de paysans indépendants qui décidaient ensemble des règles communes, est fière de sa conscience égalitaire, de son roi achetant une fois par an un ticket de tram. Elle a le culte de la loi. Il n'est pas rare dans les rues d'Oslo de voir des automobilistes sortir leur mètre pour mesurer la distance au trottoir, ce spectacle me laisse toujours pantoise, nostalgique de l'anarchie et des klaxons français. La Norvège veut croire en sa pureté. Il lui faut d'ailleurs périodiquement des sacrifices pour qu'elle se sente unie, humble et propre sur elle. Les médias brûlent ainsi régulièrement un homme ou une femme qui a fauté contre le dogme. La dernière fut Valla, femme très puissante de LO, notre CGT locale, qui a encore récemment négocié avec intelligence les accords salariaux du pays. Elle a été mise sur la touche après qu'Yssen, secrétaire des relations internationales du syndicat et ancienne secrétaire d'État du parti travailliste, a publié dans la presse sa lettre de démission : elle y expliquait qu'elle ne supportait plus les humiliations de Valla, qui aurait accueilli l'annonce de sa grossesse d'un simple : « Je suis contente pour toi, mais c'est plutôt emmerdant en ce moment. » C'était tout, c'était l'unique objet du scandale. Il y eut sur le sujet 14 000 articles dans la presse norvégienne pendant deux mois, plus que sur le tsunami ou la guerre du Liban. Le mécanisme de sacrifice était lancé contre la femme la plus puissante du pays qui a osé ne pas s'enthousiasmer pour la grossesse de sa collègue. Valla n'a pas fait dans le mea culpa, elle a juste déclaré : « Je ne suis pas un pussy cat. » Elle a péché contre le mythe.

Pendant ce temps, dans mon beau pays, l'extrême droite s'installe dans les urnes. On bâtit un scandale autour d'un ancien directeur d'administration centrale devenu secrétaire général de la Croix-Rouge, parce qu'il avait régularisé une centaine de Kurdes, qui attendaient depuis des années en centre de rétention. « L'encre sur les jours noirs du monde coule donc à flots », écrivait Aragon. Aujourd'hui c'est un flux d'images. Je me souviens avoir suivi cette polémique à la télévision dans le chalet du bout du monde avec Tone. L'homme accusé d'avoir eu la générosité trop grande était contraint de répondre aux questions et de se justifier. Dehors, le paysage respirait l'éternité, à l'intérieur l'actualité était étouffante. Mon pays n'avait finalement inventé la solidarité que pour lui-même, il se recroquevillait aux nouvelles saisons migratoires. J'ai craint souvent que le rêve social-démocrate ne touche à sa fin, que de l'effort partagé il ne reste que du zèle, de l'aigreur, et du culte de la transparence, que des scandales puritains sur la sexualité ou les notes de taxis de nos ministres.

En même temps je vois une société pragmatique, qui ferme ses bureaux de poste, les installe dans les cafés ou les stations-service, ouverts 24 heures sur 24, plutôt que de laisser s'essouffler un service public poussiéreux, aux horaires et aux statuts rigides, et aux longues files d'attente. Tout le monde a joué le jeu, un vaste plan de reconversion des gens de la Poste a été mis en place. Le patronat a appris à tolérer les congés de maladie de ses employés. Nous avons le taux d'actifs le plus élevé au monde, il est logique que le taux d'absence le soit aussi. Il est chez nous une idée communément admise : la mondialisation économique est violente pour tout le monde, une société comme la nôtre a tout intérêt à garder à l'intérieur ceux qui décrochent. Il reste quelque chose de notre modèle, de notre esprit. Voilà pourquoi je suis fière de représenter, à ma mesure, la Norvège.

La France, elle, a longtemps courtisé le rêve social-démocrate, elle n'y est jamais parvenue. Ce rêve est contraire à sa structure mentale et féodale. Ce pays ne s'est jamais défait de sa tradition latine du village qui se tient à l'ombre du château, offrant sa confiance en échange d'une protection. Il ne rêve que de grandeur. Il s'amuse et se lasse vite des scandales qu'on y déterre, car il aime trop la toute-puissance pour lui interdire ses caprices et ses écarts.

Il finit toujours par pardonner. Les hommes politiques les plus véreux y connaissent une longévité rare.

Mais à trop de nombrilisme, la France s'est perdue. Son élite s'accroche, les lignes Maginot demeurent, préférant toujours la nostalgie à l'invention. Les digues cèdent les unes après les autres, le souci de la distinction sociale reste maladif, quand travailler ne suffit pas toujours à payer son loyer. Ce pays jadis brasseur d'idées semble dépassé, replié sur lui-même, presque provincial.

Mieux vaut regarder la France ailleurs qu'en son sommet. J'aime jusqu'à la déraison la façon d'être au monde des Français. J'aime leur culture qui continue de m'intimider, j'aime leur esprit laïque, leur goût de l'excellence, leur goût du flirt qui laisse jouer hommes et femmes avec le regard, sans que quiconque n'y voie dommage ou harcèlement. J'aime leur tendance querelleuse, leurs airs bravaches façon Cyrano, leurs librairies fournies, leurs associations, leurs clubs qui tiennent réunion tard le soir. La France vit de deux élans souvent contradictoires, la liberté et l'égalité, toutes deux inscrites au fronton des mairies. De ce pays gourmand, j'ai gardé les habitudes. Lors d'un récent déplacement en délégation norvégienne en Afrique, j'ai protesté car le programme ne prévoyait pas de déjeuner. J'ai dit que je ne voulais pas de rendez-vous à cette heure-là, ni même un fruit et un sandwich à grignoter, je voulais un repas chaud, un verre de vin, m'asseoir, discuter, partager. C'est une cérémonie très française peut-être, mais vitale.

Il y a en moi la confrontation de deux mondes, que je retrouve au fil des pages du *Dîner de Babette,* cette si belle nouvelle de Karen Blixen : une communarde exilée en Norvège s'est réfugiée chez les filles d'un pasteur, où elle est servante. Elle décide un jour, où l'on célèbre la pensée du défunt pasteur, d'offrir un festin français à la communauté. On la laisse faire, en se jurant, en chastes luthériens, de ne pas céder aux plaisirs de la bouche. Et puis, le jour venu, sans qu'aucun compliment, jamais, ne soit fait à la nourriture, doucement, le vin, le champagne, la soupe, la volaille grillée enchantent les gosiers, éteignent les frileux serments. Les ouailles du pasteur découvrent l'exaltation et la loi de tous les possibles. Il y a en cuisine une Française, cuisinière et révolutionnaire, épuisée entre casseroles et poêles, qui sait qu'elle ne rentrera jamais chez elle, où la répression fut terrible. Autour d'elle un pays rude, rompu aux règles et au froid, qui noie d'ordinaire son chagrin dans une amère eau-de-vie.

Ma maison bretonne est côté français et douceur de vivre. Entre elle et le continent il y a petit bras de mer de quelques kilomètres, parfois houleux. Il dessine assez bien là où j'en suis, cherchant mon souffle loin du purisme norvégien et à distance de la grandeur française, débarrassée de toutes les mythologies. Mon refuge est là, même s'il n'est encore qu'une halte. J'y ai à nouveau un jardin, de quoi mettre les mains dans la terre. Je n'ai plus de cartons à ouvrir, le passé a trouvé sa place.

Alors que je termine ce livre, j'ai proposé à Leonard Mac Carthy, de venir s'y reposer quelques jours, loin de ses brûlants dossiers sud-africains. Je veux que se mélangent, ici comme dans ma vie, ceux que l'enfance, la famille, la maternité, les combats ont installés à côté de moi. Les plages de Bretagne sont parfaites pour le repos du guerrier. Car c'est bien une guerre que nous menons.

Cahier photographique

Divorcée à 26 ans,
ma grand-mère
Rønnaug est partie
vivre à Oslo avec ses
deux jeunes enfants
(ici avec ma mère
sur ses genoux).
Elle a vécu seule
et indépendante
dans une société
puritaine.
Elle voulait tout
embellir. C'est elle
qui donnait le ton.

Ma mère (avec moi dans les bras) était la plus forte du couple que formaient mes parents. C'était l'intellectuelle.

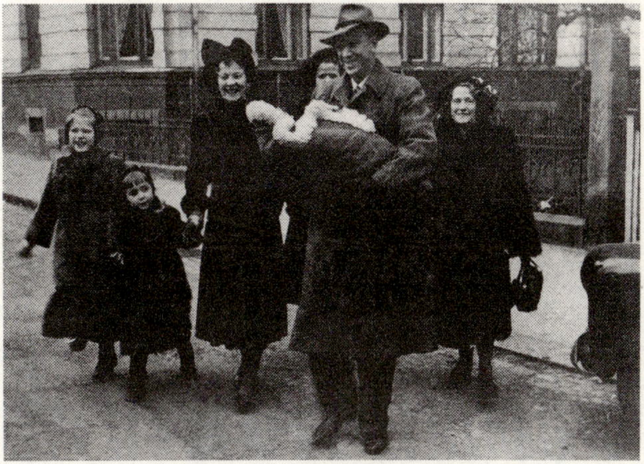

Le baptême de ma petite sœur Kari, en 1951. Nous sommes emmitouflés dans de longs manteaux taillés par mon père. Ma grand-mère a dû passer un temps infini devant son miroir pour ajuster les plis de sa coiffe.

Pendant les vacances, nous allions à Gol, dans la ferme de ma famille paternelle, des paysans de montagne.

Mon père flotte dans son pantalon, je suis sur son dos. Avec sa scie, il va couper du bois chez des gens, histoire d'arrondir notre ordinaire. Nous étions déclassés, mais joyeux.

Pour fêter
ma communion,
la nuit de Noël
de mes 14 ans,
mes parents m'ont
emmenée prendre
une photo
dans un studio
du quartier.
J'ai gardé de
ces années
une confiance
absolue de la vie.

Lorsque les beaux jours arrivaient, nous embarquions sur l'Albertine, un bateau bricolé par mon père, pour des balades sans horaires, toujours le nez dehors. Nous passions les nuits dans la cabine. Mon image du bonheur s'est fixée là.

En 1952, nous sommes partis pour la première fois à l'étranger, camper à Hambourg. Mon père avait cousu une housse de tente sur le toit de notre voiture, une Ford que nous appelions entre nous « l'ours ».

Avec des amis nous avions tourné un road-movie, réalisé avec les moyens du bord. Le court-métrage contait l'histoire d'une bande de jeunes. Cette *Fureur de vivre* à la mode norvégienne – avec une fin sage et morale – se déroulait dans le quartier populaire d'Oslo.

La coutume voulait alors que chaque bachelier fête son diplôme lors d'une fête baptisée « russ », en arborant un petit chapeau et en buvant de la bière !

Je gagnais un peu d'argent en vendant des chocolats à l'entracte d'un théâtre d'Oslo. Ce soir-là, j'ai eu le plaisir d'être choisie pour en offrir à Ingrid Bergman dont le mari produisait *My Fair Lady*.

Je ne me sentais ni bonne, ni fille d'artisan, avant tout voyageuse. Mais le XVIe arrondissement de Paris ne voulait savoir qu'une seule chose : que font vos parents ? Avec mes amies jeunes filles au pair, nous formions cependant une bande joyeuse et bohème (de gauche à droite : Bjørg, Inger, au second plan Unni et Tine.)

En 1964, j'ai débarqué à Paris. Sur cette photo, je porte un pull que j'ai fini de tricoter en arrivant. Je me rappelle la jeune fille que j'étais, ses doutes, ses façons de princesse soudain timide. J'étais subitement une autre. Je découvrais la beauté de la ville, je me perdais dans les ruelles. J'étais éblouie.

Le docteur Joly était un ophtalmologiste réputé. Nous fêtions ce jour-là au Vagenende, bd Saint-Germain, sa Légion d'honneur. Cette famille de grands bourgeois a d'abord lutté contre mon amour avec Pascal, avant de consentir face à son obstination.

Nos premières années furent remplies d'attente, de retrouvailles et de passion.

A son enterrement, le frère de mon mari a eu ce mot : « *Quand Gro a épousé Pascal, je pensais qu'un tel bonheur n'était pas possible.* »

Jeunes mariés, nous faisions tout ensemble. Pascal dessina pour moi une invitation pour un « cocktail couture », chez l'une de mes amies, rue du Faubourg-Saint-Honoré.

J'étais secrétaire chez Barclay, mais, en digne fille de tailleur, je cousais mes vêtements.

Il reste en Norvège,
dans ces maisons
de bois que nous
avons habitées, de
nombreux objets
que mon mari
confectionnait
à tour de bras.
Nous connûmes
ensemble des années
de grand bonheur,
avec une touche de
naturel scandinave.

Les trois sœurs Farseth, dans l'uniforme des années soixante ! Marit, au centre, est devenue kinésithérapeute et Kari, à droite, est institutrice.

Nous revenions tous les ans en Norvège. Là, je trie des baies polaires, dans le chalet d'une amie.

Pascal aimait beaucoup ma famille, plus spontanée que la sienne. Mes parents l'accueillirent à bras ouverts.

Lorsque je devins
magistrate, à 38 ans,
un journal norvégien
fit un reportage
sur ma nouvelle
vie et sur notre
famille.

SIPA PRESS

Les années 1990 sont pour moi un long tunnel. Le dossier Elf aspire toutes mes forces. Cette photo volée est l'une des premières à paraître dans la presse. Je traverse la Seine pour me rendre à mon bureau, lourde de tout ce que j'apprends.

DR

Je découvre rapidement à quel point la justice, malgré son apparat et ses boiseries, est sans armes face à la délinquance financière depuis longtemps mondialisée.

Lorsque les intimidations se font plus précises, Laurence Vichnievsky me rejoint. Cette jeune magistrate devient une amie. Nous formons un duo indéfectible. Elle est ma diplomate, je suis sa tête brûlée.

GAMMA

GAMMA

Perquisitions, interrogatoires, recoupement… Le travail est harassant. Il faut toujours aller de l'avant. Nous sommes une poignée de policiers, de magistrats et de greffiers face à un géant du pétrole et des réseaux qui irriguent toute la classe politique.

GAMMA

Vivre sous le regard des médias, agir en sachant que chaque geste sera repris, amplifié, déformé. Et se taire.

J'ai vécu de longues années avec la peur. Je n'ai jamais oublié cette phrase, prononcée par l'un des plus hauts magistrats de France, aujourd'hui membre du Conseil constitutionnel : « Madame, je tiens de source incontestable que vous êtes entrée dans une zone d'extrême danger. Ne vous approchez pas des fenêtres… »

GAMMA

Une partie du dossier Elf arrive au tribunal… Plus de cent mille cotes judiciaires, deux cent cinquante-six volumes offrent un coup de projecteur terrible sur l'une des plus grandes démocraties du monde.

GAMMA

GAMMA

Condamné à cinq ans de prison, Loïk Le Floch-Prigent, l'ancien patron d'Elf, n'a pas purgé sa peine en raison de sa santé. Il conseille actuellement le président du Congo-Brazzaville, l'un des dictateurs protégés de la France.

Condamné à sept ans de prison et à deux millions d'euros d'amende, André Tarallo, l'ancien directeur des hydrocarbures d'Elf, sortira au bout de quelques semaines pour raison de santé. Le fisc ne réclame pas le paiement de l'amende. Ses biens acquis grâce aux commissions occultes ne sont pas confisqués. « Selon que vous soyez puissant ou misérable… » Rien n'a changé depuis La Fontaine.

Roland Dumas, ex-ministre des Affaires étrangères, ex-président du Conseil constitutionnel, a été relaxé en appel. Conciliant, le fisc ne redressera qu'une partie seulement des dix millions de francs en liquide, d'origine indéterminée, découverts sur ses comptes bancaires. Dans la galerie des invulnérables, il est le Prince.

REUTERS

La décolonisation française a-t-elle eu lieu ? Jeune ou vieux, de gauche ou de droite, nul en France ne songe à s'offusquer de voir mener, presque chaque année, une opération militaire française en Afrique quand tous se gaussent de cette Amérique venue faire la police en Irak. Il y a pourtant bien des symétries.

Le Gabon illustre jusqu'à la caricature une conception cynique du développement. Du général de Gaulle à Jacques Chirac, Omar Bongo reste un pion. Choisi par l'Elysée, protégé par son armée, il est le garant du pré carré d'Elf. Pendant ce temps, le taux de mortalité infantile au Gabon atteint des sommets dans un des pays les plus riches d'Afrique.

En 2002, la Norvège m'ouvre les bras et me charge d'une mission de lutte contre la corruption et le blanchiment au niveau international. L'accueil chaleureux de mon pays natal est un bonheur après la tornade de l'affaire Elf.

GAMMA

THIERRY ESCH

A Oslo, j'ai retrouvé Tone, mon amie d'enfance, et le plaisir de vivre à l'air libre, sans gardes du corps ni entraves.

SIPA PRESS

En lançant la Déclaration de Paris, en juin 2003, avec des personnalités du monde entier, nous voulons jeter un pont entre le Nord et le Sud pour conjuguer nos efforts contre la corruption.

De gauche à droite
au premier rang : Jeremy Pope (Angleterre), Antonio Di Pietro (Italie), Carlo Morelli (Pérou)
au second rang : Fine Maema (Lesotho),
Nina Berg (Norvège et Mozambique), Yolanda Pulecio (Colombie), Baltazar Garzon (Espagne), Juan Guzman (Chili)

ANDRÉ CLARK UTVIK

Désormais je voyage six mois par an.
Je suis devenue une nomade.

ELIN HOYLAND

Au Kenya, en Zambie, en Afrique du Sud, à Madagascar, en Algérie, en Angola, en Tanzanie ou au Nigeria (ici à Lagos), je ne rencontre aucune fatalité, mais un énorme et vieux mensonge : pour un dollar donné, les pays occidentaux en retirent deux de la terre africaine.

ESPEN HOEN

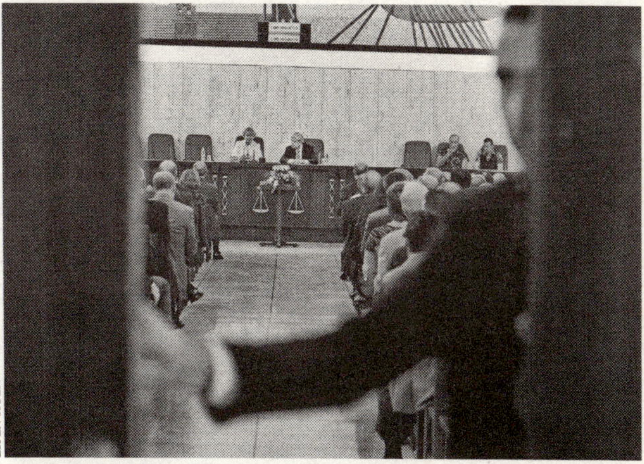

ESPEN HOEN

Femme dans un monde d'hommes, je prends la parole devant des assemblées presque toujours masculines… L'engagement du Sud dans la lutte contre la corruption est vitale. De l'Inde à l'Amérique latine, je rencontre les plus hautes autorités judiciaires (en haut, je suis à la droite du président de la Cour suprême du Liban).

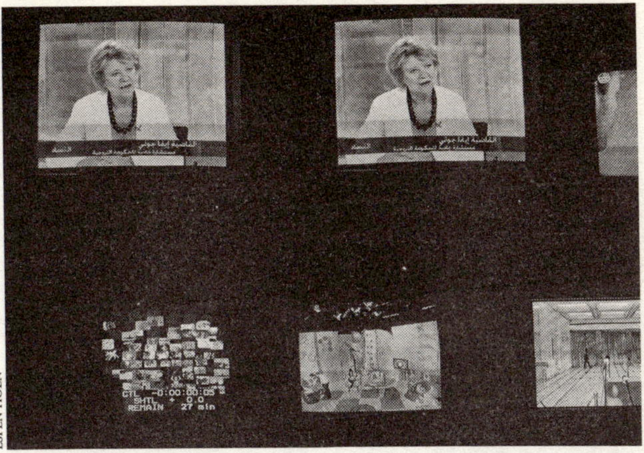

ESPEN HOEN

ESPEN HOEN

La lutte contre la corruption est indissociable de la liberté d'expression. Une partie importante de notre action passe par la parole publique. Ci-dessus, je rends hommage à Samir Kassir, un journaliste libanais assassiné à cause de ses enquêtes. Les médias paient un lourd tribut dans cette guerre pour la démocratie.

Je passe des heures au téléphone, notamment pour animer le Network, ce réseau d'enquêteurs et de procureurs que nous avons mis en place, afin d'aider les magistrats du tiers-monde à résister aux pressions et à remonter la piste des comptes illicites cachés à l'étranger.

Avec un portable, un carnet d'adresse et de l'expérience, on peut faire des miracles.

Table

RÉALISATION : NORD COMPO À VILLENEUVE-D'ASCQ
IMPRESSION : BRODARD ET TAUPIN À LA FLÈCHE
DÉPÔT LÉGAL : FÉVRIER 2008. N° 96718 (45522)
IMPRIMÉ EN FRANCE